W0461762

L'EMBARCADÈRE

DU MÊME AUTEUR

Le Chant retrouvé, Fayard, 1979.
Le Lied allemand : poètes et paysages, François Bourin, 1993.
Les Enfants dissipés, Gallimard, 1987.
Wagner, le chant des images, Chêne, 1993.
La Callas, Assouline, 1999.
Damiel ou les Indifférents, Albin Michel, 2000.
Appassionata (portrait du pianiste Claudio Arrau), NiL, 2003.
Richard Strauss ou le Voyageur et son ombre, Actes Sud, 2004.
Les Autres Soirs, Tallandier, 2004.
Mozart, chemins et chant, Actes Sud, 2005.
Divas, Assouline, 2005.
L'Offrande musicale, Robert Laffont, 2007.
La Quatorzième Valse, Actes Sud, 2008.
Les Amours du poète, La Pionnière, 2008.
Beethoven, Actes Sud, 2009.
Verdi, de vive voix, Actes Sud, 2010.
Hommage à Régine Crespin, avec Christophe Ghristi, Actes Sud/ Opéra de Paris, 2010.
L'Opéra de Vienne, Actes Sud, 2010.
Les Ballets russes, Assouline, 2011.
Le Lied, Actes Sud, 2011.
Dictionnaire amoureux de la musique, Plon, 2012.
Je crois entendre encore..., Plon, 2013.
Hommages, Actes Sud, 2014.
L'Orient derrière soi, Actes Sud, 2016.
Bach ou le Meilleur des mondes, Le Passeur Éditeur, 2017.
La leçon Serkin, Actes Sud, 2019.
Mozart, le visiteur, Papiers Musique, 2019.
Les Années Louis-le-Grand, Actes Sud, 2020.
Brahms ecclésiaste, Le Passeur Éditeur, 2020.
Platon, de plain-pied, Les Belles Lettres, 2020.

André Tubeuf

L'Embarcadère

roman

LE PASSEUR
ÉDITEUR

www.lepasseur-editeur.com

ISBN : 978-2-36890-906-5
© Le Passeur, 2021

PREMIÈRE PARTIE

Les adieux

1

Delia

QUELQUES-UNS, ici, ne doivent même pas songer à partir. Leur île est entourée d'eau, l'eau fait signe de partout, mais l'eau est pour les autres. Encore n'en profitent-ils pas tous. Delia, l'aînée des tantes de Godeffroi, a cru l'appel de l'amour plus fort, elle a suivi jusqu'en Autriche son splendide officier. Le navire qu'il conduisait vers Pola a dû relâcher dans le port d'Orplèthes. Les Scazzèthes, quasi-propriétaires de l'île, lui ont naturellement ouvert l'hospitalité trois fois centenaire de la Passe-Dieu, leur maison au nom prédestiné : Dieu, dit-on, faisant son tour d'Adriatique, s'est arrêté au passage. Devant une nature et une vue si belles Dieu a posé son bâton, Dieu a souri. Surnaturelle entrée dans la belle maison d'un goût d'être là, de poser son bâton, de contempler. Mais c'est aussi en un sens être pardonné d'avance d'être là à ne rien faire. Conserver seulement ; préserver ; essayer que rien ne vienne troubler l'image sainte, déranger l'ordre, non moins saint. Et c'est ce à quoi se sentent un peu voués les Scazzèthes, à l'exemple de l'auguste visiteur. Il y a trois siècles,

Venise les a assignés ici, en quelque sorte à résidence, provéditeurs et, quand il y a lieu, corsaires. Ils verrouillaient alors le passage entre Otrante et l'Épire et estiment toujours que c'est Éole, leur voisin, qui souffle le vent dans leurs voiles. Depuis longtemps, Venise n'a plus tel pouvoir ni telles prétentions. Mais reste l'île, demi-cône prodigieux laissé émergé par un de ces mêmes séismes qui, dans les Cyclades, ont englouti la moitié de Santorin et, par ici, entre Ithaque et Zanthe, plus d'une petite île n'est plus qu'un haut-fond de roche et d'algues où nul plongeur n'oserait aller cueillir une perle. Ces histoires, Delia les aimait passionnément, mais les savait par cœur. D'une certaine façon elles l'attachaient à l'île et l'y enracinaient – mais la mettaient, elle, au passé. Comme un grand bol d'air, elle prit les histoires que l'hôte à son tour racontait. Les expéditions australes, certes ; mais plus encore Vienne, la Cour, l'Opéra, la forêt alentour. Elle aurait voulu apprendre tout par cœur à force de se l'entendre si bien raconter. Qu'elle ait été amoureuse du conteur plutôt que du très charmant Eberhardt von Herbst, c'est probable. Elle fera à son bras ce que pas un jour elle n'a rêvé dans les vingt-six premières années de sa vie : partir.

C'était, hélas ! échanger les rêves et les récits contre l'épaisse et choquante réalité. Elle adora en effet trois tours de Prater dans sa calèche, Mozart à l'Opéra, un coup d'œil (de loin) sur le Danube bleu que l'on dit si beau. De plus près il sent la vase et Delia se demandait comment tout ce qu'il y a à Vienne d'élégant et de bien lavé peut se baigner dans cette eau-là !

Alors qu'à Orplèthes !... Doucement salée, toujours érasée par une brise de surface, cette eau-là, avec la superstition des Scazzèthes, elle l'a toujours vue et bénie (elle aurait voulu la boire) comme un baptême. Enfin passé les premiers bals et leurs élégances en effet enivrantes, l'automne de Vienne attira Delia comme au fond d'une trappe. Elle mit au monde un fils, baptisé François-Frédéric. Liszt, ami de la famille, était son parrain. Elle était folle de son enfant, qu'elle n'appelait tendrement que Friedele – et tout le monde faisait comme elle. Elle voulut vivre pour lui, au moins le temps de lui raconter les légendes d'Orplèthes. Elle y arriva deux ans, étant à peu près sûre que le garçon (d'ailleurs idolâtré de son père, comme sa mère aussi) l'avait entendue, et comprise. Elle avait eu le temps de semer en lui la douce et terrible musique de l'appel. Elle mourut de mélancolie à 30 ans à peine, saine et bien plantée comme sa naissance l'avait faite. L'ombre adorée de Delia pesait sur la Passe-Dieu de façon angéliquement suave, comme une senteur de violettes. On était ému de la respirer. Mais tout bas, à l'oreille, on l'entendait murmurer : « Ne pars pas ! Ne pars jamais ! »

2

Godeffroi

Cet appel, lui, Godeffroi, ne l'entend que trop bien. Dès son plus petit âge, il rêve aux récits, épiques et blagueurs à la fois, des matelots du port, extasiés devant les cheveux bruns plats et les yeux gris du petit seigneur de l'île. Ils racontent et racontent. Ils font vibrer en l'enfant la corde la plus sensible. Il n'a pas le droit, lui, de partir. Il ne faut même pas qu'il y songe. Il est l'aîné, l'héritier. Tout cela un jour lui sera remis. Il aura une île entière à gouverner, ce qui est autrement pesant et ardu que même le plus gros bateau. S'il lui reste encore des échappées de rêves, par les endroits où l'on croit n'avoir pas besoin de les contenir, eh bien, il posera au provéditeur et se durcira, lui si naturellement ouvert et affable, dans son silence. Il n'a que trop bien entendu et compris, le tout premier, le silence de son père et ce qui, rigoureusement cadenassé, gronde et grince dedans, sans qu'une fois on ait surpris ses maxillaires frémissants.

Car Hector Scazzèthes ne s'aime pas en seigneur de l'île, rivé à elle comme un esclave à son banc de rameur. Non qu'il aspire à voir le monde, prendre l'air d'ailleurs. Il voudrait vivre sans devoirs, sans ce poids en tout cas. Il a été attendu si longtemps ! Quatre filles sont venues d'abord, saines, bien plantées, puis lui enfin, le petit prince – mais frêle, tousseur. On l'a fait vivre sept ans dans des couvertures, sans le sortir d'une sorte d'apathie. Il n'a pas désiré sa peau ni son destin – ces prisons. Naturellement ouvert aux autres, hospitalier, tendant la main et secourable, Hector pourtant aime tout de son île, la Passe-Dieu, la végétation, les cinéraires de la butte au bout du jardin, les vieilles tantes qu'il y fait venir à la fin de l'automne pour qu'elles ne soient pas seules l'hiver – et la famille : sa bien-aimée famille, et d'abord Philomène, sa jumelle, aussi éclatante de santé qu'il est, lui, fragile. Il aime aussi regarder loin, sans but ni visée, vers où il ne cherche pas à aller. Il pose son regard sur le large et le laisse aller, dérive. Aujourd'hui il attend quelqu'un. Son regard voudrait se fixer, mais il n'y parvient pas. Il n'a pas l'habitude. Il se déteste dans son rôle de seigneur, et remercie le Ciel que Philomène et Virginie, sa femme, soient si stables et fermes, et de si grand bon sens, rassises (en dépit de dons musicaux transcendants), et lui donnent l'impression que par leur tranquille génie le domaine s'exploite et se gouverne seul. Un jour, c'est son fils aîné, Godeffroi, qui prendra le fardeau. « Il est beau et fort, il regarde droit de ses yeux gris. Il porte un nom de preux. Il a les épaules », se dit-il, regardant Godeffroi ramer seul vers les grottes inaccessibles autrement qu'en barque ; ou marcher sur les algues des fonds plus bas, une grosse pierre dans les bras, comme pour prendre possession par les pieds de la part d'Orplèthes qui est engloutie.

Ce n'est pas à cet exercice que Godeffroi se livre aujourd'hui. C'est à son geste favori, obsessionnel en vérité. Il porte sa barque, habituellement attachée à un piquet du port, jusque plus loin, une bande étroite de rochers plutôt plats, où les pieds agrippent bien. Et il se balance – ou faut-il dire : balance ? Un pied sur le rocher, l'autre au rebord de la coque, il joue à savoir quelle poussée, quelle attraction, l'emportera. Cela finit par faire très mal aux muscles près des genoux, et aux aines. Il est très fort à ce jeu, auquel il est sans doute le seul au monde à jouer. Partir ? Rester ? D'autres tireraient à pile ou face, et ce serait fait tout de suite. Il a beau parfois presque tricher, aider un pied à peser plus que l'autre dans la direction du large, toujours il s'est retenu. Pas une fois, trop fort écartelé, il n'est tombé à l'eau. Tout à l'heure, d'ici, il sera le premier à voir le bateau que tout le monde attend avec émotion, celui qui amène le plus fêté des visiteurs : le cousin de Vienne, le bien-aimé de tous, François-Frédéric. Dans la bouche de Godeffroi toujours à son balancement, une pointe d'amertume s'est mise. « Je l'aime aussi, bien sûr. Mais ces bienheureux qui à leur gré vont et viennent, débarquent, prennent les cœurs, s'en vont, se font regretter… Comment pourrais-je ne pas les envier ? Ils ont tout. L'ici. L'ailleurs. C'est injuste, quand même… »

3

Friedele

GODEFFROI, à l'ombre en son bout de quai, peut voir passer, comme à la toucher, l'alerte felouque qui assure la liaison Pola-Corfou, poussant parfois vers des destinations moins courues, Ithaque, Orplèthes. Il se met vivement les deux pieds au sol. Le sillage de la felouque le balancerait plus qu'il ne peut tenir. Personne à la proue, remarque-t-il. Le cousin malade doit être en fauteuil dans sa cabine. Mais non. Une silhouette, longue, frêle, ample cape et chapeau à la main, laisse flotter au vent de la poupe de longs cheveux blonds. Il regarde le sillage, et plus loin encore s'il pouvait. Rares sont ceux qui, venant découvrir le pays dont depuis l'enfance on leur a parlé, ne sont pas à la proue dès l'aube pour le deviner dès que se sera levée la nuit. Il n'y a pas de ces impatiences chez le cousin. Il semble froid, peu ému. Comme s'il ne venait qu'accomplir le vœu d'une autre, un vœu pieux. Sa mère le lui a fait promettre, par-delà sa propre mort. Une lettre, à lui remettre à ses 15 ans. Elle voyait Vienne et ses charmes trop vrais, elle voyait les traits von Herbst manger sur son visage les traces Scazzèthes qu'elle avait cru graver en lui : « Tu ne manqueras pas d'aller à Orplèthes voir la butte où j'allais peindre, et les roses de la Passe-Dieu, et tous mes chéris que j'ai laissés pour Vienne – pour toi, mon chéri. Va leur dire que je les aimais. Et n'attends pas qu'il soit trop tard. Eux, l'île, même toi qui es si jeune, rien n'est éternel. Et je vous sourirai du ciel. Ce sera ma discrète, ma tendre et invisible façon de revenir, moi aussi, à la maison. » Ainsi Friedele regarde-t-il vers l'arrière, pas pressé de récapituler tout cela, curieux seulement de voir de près son diable de cousin germain, le benjamin, Amédée, l'aimé de Dieu : une oreille, disait-on, un talent musical hors pair. « Il fera honneur aux Scazzèthes, celui-là », écrivait-on. Friedele en est autrement remué. Il est musicien lui-même, pianiste déjà de talent supérieur, son parrain l'a assez modelé : « N'oublie pas que tu as été prénommé comme Chopin, mon ami. Moi, je suis Franz tout court. Mais je tâcherai de te mettre dans les doigts un peu du secret de tendresse fluide qu'il a emporté avec lui. C'est autrement difficile que de se fabriquer des phalanges pour des "exécutions transcendantes". Tu es un sensible. Donc ose jouer en sensible. Chante. Quand tu me rapporteras la *Pathétique* du grand Ludwig jouée legato, avec le chant de ses notes graves, qui chantent autrement que celles d'en haut, nous verrons où nous pouvons aller. » Friedele travaille avec Liszt depuis cinq ans. Il brûle de savoir ce qu'il peut en passer à un autre petit Scazzèthes. Lui-même a le souffle si court, déjà.

Souvent il halète plutôt qu'il ne respire. Et il se sent si mortellement fatigué, après le moindre effort, après une quinte de toux.

L'heure du déjeuner est loin encore quand il arrive à la Passe-Dieu. Les garçons sont déjà partis vaquer à leurs courses, plongeons et explorations. Mais Philomène est là, la tante qui sait tout faire et lui arrange à l'instant la plus délicieuse collation. Elle a trouvé le temps de lui mettre dans un verre, pour lui seul, les fleurs que Delia aimait par-dessus tout au monde, des violettes.

— Nous en voyons en toute saison, dans un petit coin d'ombre du jardin. Et nous n'en cueillons jamais. Mais toi, tu es tellement Delia !

— Je ne suis pas devenu trop von Herbst, avec leurs carrures d'officiers de là-bas, tante chérie ?

— Si, un peu. Les traits, le menton surtout, volontaire. Mais le reste ! Tu es resté si grêle. Et ta toux ?

— Elle avance, tante chérie. Elle aura bientôt mangé tout ce qui reste de moi. C'est une araignée, sais-tu, une avide, qui se cache là-dedans. Mais enfin… Tu sais ce que je voudrais que tu me permettes ? Je me sens juste assez de souffle pour monter au haut de la butte où maman allait peindre. Je le lui ai promis. Ensuite je reviens, tu me mènes à ma chambre, je tire les rideaux et vous ne me revoyez que ce soir. D'après tout ce qu'on me raconte, vous êtes très gourmands, et le dîner sera délicieux. Et tout le monde sera à son poste, hé ?

4

Amédée

AMÉDÉE est, à la lettre, insaisissable. Il vous file entre les doigts. Pour rien au monde qui l'ennuyât il ne serait resté en place. En vérité, gourmand comme une chatte (trait, il faut le dire, commun à tous les Scazzèthes), s'il sait qu'arrive au dessert sa crème ou sa tarte préférée, il saura attendre, sans même marquer d'impatience. Il est, il faut le dire, parfaitement bien élevé, et fera des discours charmants, pleins d'à-propos, à des gens en visite, en attendant que descende Virginie, sa mère, ou tante Philomène. Mais sitôt qu'elle est arrivée, pfft, il s'éclipse, il n'attendra pas les compliments que feront assurément sur lui les visiteurs.

Ses courses… Il n'y a pas besoin de se demander où il les fait. Rejoindre Godeffroi, son aîné de quatre ans, qu'il aime et admire, qu'il idolâtre. Son modèle, son exemple vivant. Ah ! jamais il ne l'imitera dans ses jeux de bascule. Peut-être parce que sa situation de cadet lui permet de partir, l'y obligera peut-être, pour gagner sa vie ailleurs, prendre femme ailleurs et y faire souche, comme on dit, d'enfance a grandi en Amédée une certitude. Pour rien au monde il ne quittera Orplèthes. Pour un voyage ou deux, une, deux saisons. Voir le monde, c'est-à-dire faire le tour de cette Méditerranée où de sa parentèle Scazzèthes on trouve échantillon dans chaque port, soit. Mais partir ? Si possible, jamais. Il envie le sort des filles à qui il est permis de rester vieilles filles, et de mourir où elles sont nées, pleines d'amour pour tous les petits vivants qu'elles auront pu porter dans leurs bras.

Il tâche de rejoindre Godeffroi dans les expéditions où, bon rameur, l'aîné s'aventure. Irrattrapable. D'ailleurs partant trop tôt pour que le petit, se débattant dans les mains de Philomène le coiffant, puisse le rattraper. Il y a de cela deux semaines, Amédée a fait le tour par les rochers, en haut, se faufilant (lui qui prétend avoir peur du vertige). Godeffroi débouchant dans la très calme calanque qu'il s'est choisie, surpris, plouf, le petit, d'en haut, l'a rejoint dans un rire. Godeffroi ne peut faire que l'embrasser, fier et touché dans sa pudeur de recevoir telle marque d'amour. Il montrera ses cachettes, ses lieux à plongeons ou à crabes. Il lui apprendra à se mettre nu au soleil sur un rocher pas trop inconfortable. « On se couvre un peu la tête et on respire le soleil par la peau, le temps que le maillot sèche. Et on repart. » Jamais Amédée n'a imaginé tel adoubement, rêvé pareille faveur. Godeffroi est bien découplé, solide, extrêmement plein de lumière, et d'une bonne lumière, dans la transparence de ses beaux yeux gris couleur d'aube. Il est étendu, à peine cambré. Amédée s'appuie sur un coude et regarde le corps de ce grand frère bien aimé, de tout son cœur il voudrait lui être pareil. À lui aussi un jour, bientôt peut-être, il poussera au bas du ventre ces poils frisés qui sont sur les statues des héros. Sauf que son ventre à lui, jamais encore exposé au soleil, est tout blanc. Enthousiaste, il se promet d'entièrement brunir, lui si blond. Il n'y aura plus entre eux cette si laide différence. Privilèges, privautés de la tendresse, les murs de glace de la timidité fondent. Qu'il est bon d'être ainsi. Godeffroi semble avoir suivi ses pensées mot après mot : « Oui, mais maintenant, je te connais, tu voudrais rester ici comme si c'était l'éternité. C'est surtout le coup de soleil obligé, petit frère. Recouvrons-nous et rentrons en vitesse… »

On sait où est Godeffroi ce matin, et qu'Amédée n'est pas avec lui. Ce jeu-là, non seulement Amédée ne le partage pas, mais il l'horripile. Il n'y lit que trop le désir, irrépressible et inavouable, d'une autre façon de n'appartenir à rien, à nulle part. De partir.

Ce matin il suit une autre piste. Il est curieux du grand cousin de Vienne. Le cousin malade, et musicien. Il entend le surprendre. Il sait où l'attendre, et patientera, rêvant et tapi, là où il sait.

5

Les cinéraires

FRANÇOIS-FRÉDÉRIC a laissé en bas sa cape et même son chapeau ; l'air est doux à midi. Mais il a gardé sa canne, sur laquelle à tout moment il peut avoir à s'appuyer. Il va voir d'abord le coin ombreux des violettes, que Philomène lui a désigné, se penche jusqu'au sol pour les respirer. Geste pieux. Presque sacré. Et il s'engage dans les lacets de cette montée lente et tranquille, que tout le monde ici appelle « la butte », on ne sait pourquoi. La montée par paliers est magnifique. D'ici seulement, en pointe de l'île, on peut voir les deux mers : l'Adriatique, verte, vivante, houleuse, avec des rages parfois ; et le canal sans nom qui sépare Orplèthes de l'Épire, doucement gris et qui, les jours de grandes chaleurs, ressemble à de l'étain qui fond sur place, avec de légères vapeurs. Double côté des choses, double visage de la mer. La vue, simplement, ici, enivre. On voudrait s'y arrêter, boire des yeux. Mais on le peut : un banc est aménagé à quelques-uns des paliers, montrant la vue sous des aspects différents. « Comme je comprends que maman soit venue peindre ici. Mais peindre quoi ?

Évidemment pas ce qu'elle voyait, mais les visions que lui inspirait ce qu'elle voyait. Elle s'arrêtait et regardait. Mais ses tableaux, elle devait les faire de nuit, reconstituant tout, de tête. Ici il n'y a qu'à ne rien faire ; refermer les yeux, comblé, et regarder dedans... »

À peine le voyageur a-t-il fini de se dire ces mots, presque saoulé de tant d'impressions, que de l'autre côté de la haie de cinéraires de la mer où va commencer la descente, il entend. Le son, d'abord, lui semble quelque chose que peuvent produire le vent de la mer, le bruit des feuillages, ces cinéraires aussi qui peut-être ont une voix, dans cette île où tout est magique et où les sirènes peuvent s'être faites ramures. Est-ce le *raüschen* qui le rattrape ici, l'ayant suivi depuis le bois de leur chalet d'été dans les collines de Styrie ? Cela ne se peut. Dans l'accalmie des brises, il l'entend nette et pure, qui se détache, douce, du reste de la rumeur. Mozart ; Mozart ici, en haut de cette butte. Et quoi dans Mozart ? *L'Air de Chérubin,* de jolie sonorité pleine, une sonorité de flûte ; et à la fois chaste, comme il convient ; et doucement charnel. Ce n'est pas possible. Il se lève, se hausse sur la pointe des pieds, regarde par-dessus la haie. L'enfant est là, assis, lui tournant le dos. Il va au bout de sa chanson. Le visiteur n'a pas osé l'interrompre, il aurait trop peur que le mirage se dissolve, lui file entre les doigts. Seulement quand le petit reprend sa respiration, l'autre se racle discrètement la gorge, toussote et interroge : « Qui es-tu, et que fais-tu là, mon ami, à nous chanter Chérubin aux brises ? — Je suis Amédée, j'ai 12 ans et je joue un air des *Noces de Figaro*. Et vous ? » ajoute-t-il, de l'air calme de celui qui sait qui ici est chez soi, et qui est étranger. « Moi je suis un visiteur de Vienne, et j'y ai entendu souvent à l'Opéra des femmes qui chantaient très bien Mozart, mais pas vraiment à ta façon poétique et libre. — Alors vous êtes notre cousin de Vienne. — Oui. Appelle-moi Friedele. Et toi, tu m'attendais ? — C'est difficile à expliquer vraiment, mais je me suis dit que vous aimeriez avant toute autre chose monter ici regarder, vous recueillir, et vous entendre ensuite accueilli par Mozart. » Cela est dit d'un ton décidé, sans rien de sentimental, sans prendre des nouvelles de l'arrivant, de sa santé, etc. Simplement lui dire, dans les plus jolis termes qu'on puisse trouver : « Vous êtes le bienvenu. » C'est avoir assez dit. Les présentations sont faites, on va pouvoir converser maintenant, en personnes qui ont rompu la glace. « Tu sais autre chose de Mozart ? — Oui, des sonates que je joue au piano. Et j'ai vu la *Flûte enchantée* au Théâtre de Corfou. Et vous ? — Oh ! moi j'en sais et j'en joue tout ce qu'il a écrit pour le piano. Toi, je n'attendais pas que tu transportes ton piano ici et que tu m'en joues de derrière ton rideau de cinéraires. Mais pourquoi cet air précisément, et pourquoi la flûte ? — Parce que je ne connais pas d'air si tendre ; et la flûte, parce que je ne possède pas de hautbois ni de clarinette. Sinon, c'est évidemment ce que j'aurais choisi. — Et pourquoi ces deux-là ? — Le hautbois à cause du timbre. On dirait un joli enfant qui chante. Et la clarinette à cause de la couleur. C'est si tremblant d'émotion… — Bien bien. La réputation qu'on te fait dans la famille n'est pas usurpée. Musicien tu es, des ongles aux lèvres. Il y a sûrement un piano à la Passe-Dieu et je t'y jouerai, t'y chanterai si ma pauvre voix me le permet, l'autre *Air de Chérubin,* le premier, aux brises. Toi aussi, là, tu jouais pour les brises, hé ? Un peu aussi pour moi, hé, *Cherubino d'amore* ? » Amédée rougit. Il suit des yeux la descente du cousin, visiblement las. Les épaules se sont affaissées. À chaque pas il prend appui sur sa canne.

6

Le coquetier

À SEPT heures, heure de tous les jours (les dîners priés sont à huit), la Passe Dieu au complet s'est groupée au petit salon attenant à la salle manger. Personne n'a rien changé à sa tenue habituelle. L'hôte est fêté, mais il est aussi l'enfant de la maison. Seules sont restées à leur étage les parentes âgées qui dès l'automne viennent à Orplèthes réfugier leur solitude de veuves, leurs petites misères. Au moment de Noël elles pourront être cinq. Pour l'instant elles sont deux, se détestant si fort (et se jalousant) l'une l'autre que, le plus souvent, ces deux-là, Marine et Malvina, restent chez elles de peur de rencontrer l'autre à la table du dîner. Tous sont arrivés un peu en avance, prêts, se doutant que l'hôte, lui, arrivera un peu en retard. Prêtes, mais non parées sont ces dames : Virginie, maîtresse de maison, toujours à quatre épingles et se débrouillant pour avoir toujours l'air négligé – c'est sa mollesse native de fille de Smyrne. Philomène, pour sa part, ne s'habille que pour les galas, mais alors avec des extravagances d'anciens temps : un turban au besoin, comme si on recevait

Mme de Staël. Sinon, se levant à tout bout de champ pour finir une sauce à la cuisine ou aller chercher elle-même les soupes, malgré les trois filles attachées en permanence à la cuisine, elle se permet de rester *comfortable*, mot trouvé dans les romans anglais de sa jeunesse ; et l'œil évidemment à tout. Géraldine aussi est descendue, la sœur cadette, visage et silhouette de camée, souvent excusée pour ses migraines. Elle passe bien trois heures de la journée à son violon, un magnifique Del Gesù : mais peut-être bien que Bach est pour quelque chose dans ces migraines, résultat d'heures de concentration nerveuse. Elle s'est faite très simple et d'un autre monde en même temps, avec quelques violettes, oui des violettes, dans ses cheveux. « Aurait-elle des vues sur son cousin de Vienne, elle qui congédie tous ses soupirants ? », se demanda Philomène, se doutant de l'effet de charme que les violettes produiront sur François-Frédéric. Sur quoi elle hoche la tête, incrédule. « Juste encore une de ses lubies », marmonne-t-elle entre ses dents. Les enfants se sont contentés de se faire propres. Pourtant, note Philomène en les inspectant, Godeffroi s'est mis la chemise un peu plus en ordre que d'habitude. Et Amédée pour une fois a essayé de se coiffer proprement. Sans y réussir d'ailleurs. « Beau masque ! Tu ne t'en donnes pas l'air, mais tu cherches à plaire. Attends que je t'attrape pour te coiffer vraiment. » Elle n'ose pas regarder Hector en face. Elle sait quelles émotions lui nouent la gorge : l'enfant de Delia est là, de retour au foyer. « Si beau et grand, et si élégant. Et me parlant tellement d'elle, sœur aînée, bien-aimée. En face de lui, qui est la jeunesse et la vie mêmes, qu'est-ce que je me sens être, moi ? Une ruine. Un pan de mur qui s'affaisse. Faites, mon Dieu, que ce dîner passe vite, et que je sache m'y tenir. »

Friedele est étincelant dans sa gabardine bien coupée, il tient une autre canne, à pommeau d'or avec incrustations. Son après-midi l'a reposé, il n'a fait qu'admettre Philomène, mais à son chevet, pour un long bavardage coupé de quintes de toux. D'un coup d'œil, Amédée (qui comme Philomène voit tout, mais pas pour inspecter ; la curiosité seulement ; l'intérêt porté aux autres) remarque à la boutonnière du grand cousin une violette fraîche. Il ne sait pas l'histoire, qui est de ce matin même, des quelques violettes dans un verre, à la cuisine. Est-ce un brin de jalousie qui lui mordille le cœur ? Il n'aime pas l'idée que cela puisse être à l'intention de Géraldine, qui justement a si bien soigné sa beauté ce soir. Ah ! Amédée aime assez les autres pour souhaiter qu'ils soient aimés aussi – mais par surcroît. En tout cas, qu'il soit le premier, sinon le seul !

Les embrassades faites, on passe à table. Amédée (mais Philomène d'abord, et elle avec souci) remarquera qu'Hector se lèvera pour un rien, entre les plats ou même pendant, un long instant à la croisée, ne regardant rien. Simple façon de n'être pas avec les autres, de n'être pas là. Une fois, il est allé jusqu'au couloir qui conduit à la grande salle à manger. Il est tout tapissé d'admirables gravures, portulans, vues de villes. Il s'arrête un moment devant la plus proche, en hauteur, Budapest : et c'est comme si au plafond il suivait des mouches. Puis il revient s'asseoir, murmurant un « pardon ». Et le dîner, la conversation continuent, largement, on s'en doute, autour de Friedele, assailli de questions sur telle branche de la famille qu'il voit plus souvent, les bals de Vienne, l'Opéra. Toujours plein de bonne grâce, mais sa voix se ternissant vite, comme s'enrouant. « Cela s'arrangera, se dit Philomène. Je vais lui préparer une de mes décoctions d'herbes du jardin, ce que ces idiots d'Anglais de Corfou appellent tisanes. Je vais te le requinquer, moi. Et tout de suite le faire se coucher. »

La décoction bue (et il y en avait pour tous, en quelque sorte réglementaire en fin de repas familial : Philomène entend soigner, et sauver, tout le monde), rangeant quelque vaisselle et argenterie précieuses qu'elle ne laisse pas toucher par les filles de cuisine, Philomène songe à un incident au tout début du dîner, resté inaperçu – mais certes pas d'elle. On a servi d'abord, avec le bouillon, les merveilleux œufs de la ferme, cuits à la coque et leurs mouillettes d'avance beurrées par Philomène. Le bahut de cette salle à manger contient douze précieux coquetiers d'argent ouvragé. Mais comme d'habitude on a mis à droite d'Amédée son coquetier à lui, splendeur de porcelaine rehaussée d'or, avec son nom écrit dessus en or : Amadeo. On le lui réserve, il est trop fier d'avoir à lui cette merveille, qui le met au singulier. Le coquetier est toujours près de l'assiette, caché sous la serviette. Cassé. Amédée n'a rien dit, rien signalé. L'a-t-il cassé dans une crispation de contrariété ? L'a-t-il fait exprès ? « Peut-être a-t-il trouvé que ça le montre trop petit garçon, se dit Philomène. Peut-être enfin désire-t-il se montrer pareil ? La drôle de tête. Qu'est-ce qu'il nous prépare pour demain ? »

7

Mozart et Chopin

FRIEDELE a passé une bonne nuit – sûrement l'effet des « décoctions » de Philomène. Il est dispos et surtout, chose devenue très rare chez lui, il est intéressé, pour ne pas dire dévoré de curiosité. Amédée le fascine, ses façons libres (dans le cadre toujours d'une politesse charmante), son goût pour Mozart… « Ce n'est qu'un penchant sans doute, un premier penchant, qu'il faut aiguiller ailleurs. Tout le monde commence par être Chérubin. Il a 12 ans, il y a une autre étoffe en lui, cette extraordinaire sensibilité au timbre, à la couleur. Quelle imagination vraie ! Il faudra le contenir, lui donner des règles, sans pourtant nuire à cette imagination, inouïe pour son âge. » Aussi, son chocolat avalé, Friedele va-t-il à la bibliothèque où entre les vitrines de cartes, livres et manuscrits précieux (plus un grand portrait de Liszt encadré, dédicacé : « À mes chers Scazzèthes, le Passant, trop vite reparti, hélas ! de la Passe-Dieu. » Au coin, près d'une embrasure protégée des courants d'air par des rideaux de soie épaisse, un bel Érard crapaud. « C'est bien assez pour ce qu'on a à faire maintenant, s'est dit la veille Friedele en l'inspectant et y esquissant un arpège. La sonorité est flatteuse et il est bien accordé. À demain les affaires sérieuses. » Ce matin, exact au rendez-vous, à sa surprise Amédée est déjà là, assis sur la banquette, juste l'attendant et comme s'il vouait à son travail de tout à l'heure quelque chose comme un peu de silence intérieur. Son col est bien mis, ses cheveux sont mieux arrangés qu'on ne penserait possible. « Il s'est mis dans la peau du bon élève, se dit Friedele en l'élevant dans ses bras pour l'embrasser. Nous verrons bien quelle est la disposition, dedans. »

— Joue moi d'abord ce que tu aimes, et comme tu l'aimes. Rien d'inutilement difficile, hé ? Tes forces, je les verrai assez par moi-même, tu n'as pas besoin de m'en faire parade. Ce sont tes faiblesses que je veux, tes complaisances, qui souvent cachent le secret de ce qui sera tes vraies forces.

À l'étonnement de Friedele, Amédée ne s'emballe pas aussitôt dans un départ passionné. Non. C'est comme si, ému, il s'accordait un instant de silence encore. Vient alors un très convenable *Adagio* de Mozart, rien d'ébouriffant comme la *Marche turque* (que Friedele attendait et redoutait un peu). « Il y a du murmure là-dedans, une vraie mi-voix », remarque Friedele. De façon assez incongrue, sans laisser le temps de faire un commentaire, Amédée littéralement enchaîne avec un *Impromptu* de Chopin, sobre, sans effets, tout dans la douceur surprenante du modelé, et le timbre. Friedele admire, mais ne le dira pas.

— Pourquoi diable choisis-tu d'enchaîner deux morceaux qui ni côté style ni côté piano n'ont rien de commun ?

— Parce que ce sont les deux morceaux que je connais le mieux, et que j'aime le mieux.

Que répondre à cela ? D'ailleurs Friedele ne cherche pas à cacher ses larmes, son attendrissement. Godeffroi, qui ne fait que passer sur la pointe des pieds, emportant le bateau dans une bouteille auquel il travaille depuis le début de l'été, est frappé de ces yeux agrandis par la fièvre, de ce visage défait. Friedele attire Amédée toujours bien droit sur sa banquette.

— Amadeo, Amadeo ! Beato ! soupire-t-il. Tu m'as montré, et magnifiquement, tes « faiblesses », ce en quoi tu te complais et sais bien que tu plais, ce qui est de ton âge. Je n'ai rien à te corriger, les quelques détails techniques, tu les verras toi-même en regardant mieux la partition. Si j'ai quelque chose à corriger en toi, à t'apprendre, c'est – cherche ailleurs. Ta sensibilité ne fait qu'une avec ton imagination, tu t'y lances, encore retenu par ce que ton talent d'enfant a de naturellement modeste, et par la fragilité encore de tes doigts. Prends garde à ne pas t'emballer. Tu deviens adolescent, et des folies vont te monter aux doigts, aux poumons (ne dérangeons pas pour si peu le cœur). Au bas-ventre aussi. Fais-toi le bien de te trouver, pendant qu'il en est temps, un contrepoids. Bach. Je pars dans quelques jours, c'est trop peu pour te guider, te débrouiller les fugues. Tu t'accroches au contrepoint, tu le lis, le lis jusqu'à ne plus voir que lui dans la musique. Et les préludes, eh bien ! Il n'y a qu'à les jouer moins inutilement vite. Fais cela tout seul, chaque matin, avant même ta journée commençante, mon chéri. Fais cela comme à la fois ta prière, et ta gymnastique du matin. Quel nettoyage. Maintenant je vais partir. Mais à mon retour, au printemps, je veux que tu saches me jouer tout le premier livre du *Clavier bien tempéré*. Le contrepoids à tes tentations et facilités, qui ne s'en porteront que mieux, hé !

Encore une fois il attire longuement vers lui l'enfant transfiguré, devenu Beato en vérité. Il le serre aux épaules, contre sa poitrine, la tête blonde enfouie, et le piano, puis l'attention dévorante aux paroles du grand, ont dérangé la trop jolie coiffure. Friedele attire son visage contre le sien, l'oblige à ce long regard contre son propre regard qui ne veut pas dire promesse, mais serment, lui baise doucement les lèvres et trace sur son front, geste ultime, le signe de croix par lequel celui qui s'en va bénit celui qui arrive.

8

Embarquement

DÉJÀ le surlendemain, à midi, Friedele s'en va. Toute la journée d'hier il a eu des étouffements. La seule Philomène a pu aller le voir ; le réconforter – lui offrir telle « décoction », évidemment. Ils se sont parlé, longuement, à voix très basse, comme pour n'être pas entendus de l'air de la chambre. Il a été beaucoup question d'Amédée, du coup de foudre ressenti, non pas seulement en l'entendant jouer, mais parler, de sa façon à la fois si imaginative et si sérieuse.

— Veille bien sûr lui, tante chérie. Parce qu'il est porteur de plus de dons, il est plus menacé que les autres. Veille bien à ce qu'il s'acquitte chaque matin de l'exercice que je lui ai demandé. Chaque matin. Et veille aussi sur Godeffroi, sais-tu ? Il est si beau, un peu fermé aussi, ou se taisant, avec cette curiosité silencieuse qu'il cache en lui comme une inquiétude qui le ronge. Je l'ai vu passer pendant ma leçon à Amédée, visiblement heureux qu'Amédée se déploie, et peut être un peu jaloux, ou triste, de le voir s'épanouir là où lui-même n'a pas part.

Quelle fortune pour vous que ces frères, si différents, et pareillement porteurs d'une imagination poétique. Fais que lui, l'aîné, n'ait pas trop à souffrir de l'envol brusque, de l'envol forcément égoïste que le petit va prendre, vite. Que je voudrais rester avec vous et les suivre un peu, l'un comme l'autre, dans leurs cheminements si différents. Mais je ne peux pas, ici je suffoque. La nuit c'est comme si je me toussais moi-même, et ça brûle les tempes. Je vais aller, non pas à Vienne, mais tout de suite en Styrie, en altitude, dans un sanatorium, l'hiver me fera du bien. Si Dieu le permet, je reviendrai au printemps constater les progrès des garçons. Aie l'œil sur eux, tante chérie. Les aimants comme tu les aimes, sans doute ne mesures-tu pas quel pouvoir absolu tu as sur eux, sur leurs possibles lubies. Toi, âme et solidité de cette maison. Ah ! que je voudrais ne pas partir, rester avec vous ! Il me semble que je viens de mettre à jour un trésor, et qu'une loi sainte interdit que je le touche ou même le regarde de trop près...

Il n'y aura pas d'adieux. On est en famille, on n'y mettra pas de cérémonie : le cousin part, il a promis d'être de retour au printemps. Ce ne sont que quatre, cinq mois à être sans lui. Il n'a fait que passer là trois jours, et différemment toucher, conquérir les cœurs. Le fait est que Géraldine restera dans son coin, à se débattre avec sa chaconne ; que Virginie, indolente, ne s'est pas crue tenue d'avancer son réveil. Godeffroi pour sa part s'est volatilisé, profitant sans doute des derniers matins de soleil pour retrouver sa calanque. Ce sera l'occasion d'un petit pincement au cœur pour Friedele qui en partant murmurera à l'oreille de Philomène :

— Très expressément et très tendrement tu l'embrasseras pour moi. Tu lui diras bien que cette couleur d'aube de ses yeux gris, qui était aussi celle des yeux de ma mère, est le souvenir le plus doux, le plus touchant, que j'emporte de ce trop bref séjour. Et trace-lui bien sur le front, de ma part, le signe de la croix.

Il n'y aura pas de commentaire sur l'absence d'Hector, pourtant assez criante. Philomène connaît ses tourments secrets, ses chagrins, vieux comme lui. « Il a fait exprès de se plonger dans un livre ou de dérouler une carte, et le voilà absent du monde pour deux heures », se dit-elle. Elle, même elle, n'aurait pu imaginer la réalité. Hector buté, debout contre la croisée, mordant ses poings de ses dents, les yeux pleins de larmes, et se redisant deux, trois, quatre fois de suite : « Qu'ils s'en aillent ! Qu'ils s'en aillent tous ! Il n'y a que moi ici qui n'en ai pas le droit. Qu'ils s'en aillent pour de bon. Mais pas ce jeu cruel de revenir et de s'en aller. Mon Dieu, je suis vieux et fatigué, mon Dieu, j'ai 100 ans et je n'ai plus d'espoir au cœur ! »

Ainsi, seuls Amédée et Philomène, serrés l'un contre l'autre (et l'on pourrait croire que c'est le neveu qui soutient la tante), ne cachant pas leurs larmes, suivent des yeux Friedele, chapeau à la main, cheveux flottant au vent, comme la felouque, la même qui l'a emmené ici, s'en va dans la splendeur de la vue. Est-ce possible que le monde soit si beau ? Que tout ici-bas soit lumière et indulgence, et oubli des offenses ? Au revoir ! Au revoir !

Remontant vers la Passe-Dieu, Amédée dira :

— Tu me le chanteras, ce premier *Air de Chérubin,* que Friedele appelle l'air aux brises, tante Philomène ? Il m'en a parlé avec une étrange chaleur, comme d'une révélation pour moi. Et puis, peut-être, il n'a plus eu envie d'en parler.

— Je te le chanterai, mon chéri, et tu comprendras ce qu'il voulait te souffler à l'oreille. Autrefois je le chantais assez bien , ajoute-t-elle comme se rengorgeant un peu. Mais toi, à ton tour, dis-moi donc. C'est exprès que tu l'as cassé, ce coquetier dont tu étais si fier ?

Amédée baisse les yeux et rougit. La felouque, là-bas, a disparu derrière la butte.

9

Godeffroi et le Nord

Et le soleil lui aussi s'éclipsera, comme pour une pleine saison de tempêtes et de détresses. Ah ! il est vrai que du coup, ce n'est pas le présent seulement, c'est le futur aussi qui se drape de gris. Soudain, plus personne à la Passe-Dieu n'aspire à excursions, fatigues du corps – à sortir. Mais chacun semble se replier et vaquer à ce qui lui est propre – un impartageable d'ailleurs, plongé dans lequel chacun semble vivre à part des autres. Hector déploie des cartes. Godeffroi construit son bateau comme si lui-même trouvait son voyage, son évasion, dans la bouteille où il l'enferme. Amédée joue Bach. Le troisième ou quatrième matin peut-être, il sait déjà par cœur son premier *Prélude*, qu'en vérité il lui semble connaître d'avance quand il ouvre le cahier. Il l'a rabâché et rabâché tant que Philomène de la cuisine attenante a dû lui crier :

— Prends un peu autre chose, mon chéri. Tu vas me rendre folle !

Deux des vieilles parentes frileuses sont arrivées avant les tempêtes, la cheminée flambe déjà, doucement. Dans leurs fauteuils, en rond, face au feu, les vieilles demandent à descendre et laissent leurs après-midi s'écouler, sans mouvements. Elles ne se parlent pas. Mais Hector, très fier d'accomplir son devoir de chef de famille, vient leur parler de près, à chacune. Lui seul en vérité sait qui est qui, et par où tout le monde cousine. Il a avec elles plus de patience qu'il n'en montre pour aucun des vivants, prompt à s'irriter. Il y a des nouvelles de Friedele, ni bonnes ni mauvaises. Finalement c'est aux Monts Tatra qu'il est allé se soigner. À peine s'il écrit, il ne fait que donner des nouvelles. Ce pourrait être une dépêche. Seule Philomène, l'inquiétude toujours en éveil, n'aime pas ce laconisme. « Faut-il qu'il soit fatigué, lui qui écrivait de si longues lettres », se dit-elle avec amertume.

Godeffroi pour sa part rêve et rêve. De toujours il a eu des sommeils, et des réveils surtout, habités de rêves. Mais là, il semble qu'à mesure que le ciel s'assombrissant prend la couleur de son regard d'aube, les songes lui viennent, en plein jour et, comment dire ? exprès. Il a trouvé dans la bibliothèque de beaux livres illustrés sur la Norvège, les légendes de l'Edda, l'Islande, le cap Nord. Il dévore cela, avec un enthousiasme méditatif et lent – sa forme d'excitation à lui. Dans quel récit a-t-il pêché ces quelques mots, des vers sans doute, qu'à l'instant il adopte et se redit, comme s'ils avaient été écrits pour lui ? « Sur son palefroi/ Pâle d'effroi... » Et bien entendu, il ajoute « Godeffroi » à cette chanson muette. Il voit neiges plates et étalements de gel, étangs devenus comme de la pierre, et des chevaliers teutoniques qui s'y battent à coups de masses d'armes. Étrange. Lui qui n'a rien vu de ces climats n'a aucune idée de ce que peut être le soleil de minuit, ne se sait dans sa famille (il a interrogé Philomène) personne qui vienne de là-haut (il dit « haut » à cause de la position de ces espaces tout en haut des cartes), aucune mémoire secrètement transmise et qui reparaît trois générations plus tard – pourtant c'est ainsi. C'est là qu'il lui semble appartenir : comme si ses cheveux, si ras pourtant, étaient des racines qui le suspendaient « là-haut ». Sur son palefroi. Et pâle d'effroi. Il lui vient une lumière d'aube qui flamboie dans ses yeux gris quand ces visions lui zigzaguent dans la tête, et que littéralement il ne sait plus où il est. Ailleurs en tout cas. Parti. Et il revient aux petites pinces avec lesquelles il ajoute des brins de bois, de paille, de métal à son bateau. Ce qui est évasion aussi.

C'est l'après-midi et en même temps il aime à écouter Amédée, qui se permet de revenir à Chopin et Mozart : il a passé son temps patient et réglementaire avec Bach ce matin. Maintenant il se laisse aller, se débride ; et par cela aussi, Godeffroi se laisse entraîner, très loin, vraiment ailleurs, et il est un peu jaloux que d'autres aient dans leurs doigts de quoi aller si loin.

Le fait est que les garçons, réellement accaparés chacun par l'exercice qui lui est particulier, ne se parlent, à vrai dire même ne se rencontrent, que peu. La pluie interdit les courses dehors. Mais Godeffroi s'est mis dans un coin, se cachant presque derrière un rideau, pour écouter Philomène chanter le fameux *Air de Chérubin* « aux brises », émerveillé de tout, de la voix, de Mozart révélé ainsi : mais il est resté aussi, comme tapi, comme ayant honte d'être en tiers quand deux autres disent des choses qu'ils comprennent, et où il ne faut pas chercher à entrer. Mais il est resté fasciné par un moment de l'explication de Philomène, qu'ici on ne chante pas pour redire, même très bien, une chanson déjà écrite, qu'un autre pourrait chanter. Mais parce que le cœur n'en peut plus de se contenir, il faut que cela sorte et, pour pouvoir sortir, invente de devenir chant et musique. Ah ! s'il pouvait lui aussi par la musique se délivrer le cœur ! Sortir de lui-même ! Descendre de ce palefroi qui l'emmène on ne sait où, pâle d'effroi !

Mais quand Philomène, comme tous les vendredis, crie à la cantonade que le bain est prêt, et tant mieux pour qui arrive le premier, Godeffroi court, va arracher Amédée à son Chopin et les deux ensemble courent là-haut. Dans l'eau chaude ils ne se lavent pas, mais s'amusent, ils « trempent » comme dit Godeffroi ; et s'agacent de rires et de chatouilles et, simplement, s'aiment et sont heureux.

10

Noël

Ce sera un triste Noël. Philomène se serait arraché la tête plutôt que de laisser le grand salon sans son arbre, un arbre du jardin, colossal, où elle attachera de son mieux, grimpée sur un escabeau, pendeloques de verre peint, oiseaux factices, bougies. Mais même elle, le cœur n'y est pas. Depuis trois jours déjà la tempête empêche tout trafic, le courrier est en panne dans Dieu sait quel port. Deux des vieilles parentes, les plus proches et les plus ingambes (et les plus gaies aussi), ont l'habitude d'attendre le dernier moment pour prendre leur bateau – eh bien cette année, elles resteront en carafe dans leur rade. Il ne sera pas question de descendre à l'église du village pour la messe de minuit. Mais le curé, qui vient de toute façon dîner à la Passe-Dieu, en célébrera la réduction d'une, sans orgue, sans chœur, dans l'oratoire de la maison. Il ne traînera pas ; il en célèbre une plus importante au village même, à minuit. Pour chanter, il n'y a que Philomène, qui a fait repasser aux garçons l'*Adeste, fideles* sans lequel elle n'imagine pas une nuit de Noël : et une crèche, miniature et charmante, est là aussi, pieuse et touchante, contre le mur de l'oratoire. Tout cela dans le plus joli latin chantant du monde. Une chose simplement extraordinaire, et qui fera passer sur le dos d'au moins Hector, Philomène et Amédée un long et douloureux frisson, interviendra au moment où le prêtre à son autel et leur tournant le dos entrera en marmonnant dans ce que les missels appellent tous « mémento des vivants ». Et le célébrant marmonnait ses saintes syllabes, à quoi nul ne cherchait à comprendre quoi que ce soit. Godeffroi alors, à genoux à même le sol, lancera d'une voix forte, claire et qui ne tremble pas : « Et prions tous pour François-Frédéric, notre bien-aimé cousin, qui a tant besoin de nos prières. » Amédée, lui aussi à genoux sur le marbre, se contiendra. Mais Philomène et Hector, tous deux sur leur prie-Dieu, ne retiendront pas leurs audibles sanglots, qui chez Hector tournent au spasme. Absolument personne, ressortant de l'oratoire, ne demandera pourquoi à Godeffroi, silencieux et calme, mais excessivement concentré, intense. Il n'y aura pas de commentaire. De personne. Même de Philomène à Hector quand elle viendra, comme du temps de leur enfance, le border. On ne fera fête que du bout des dents à la collation prête et pleine de choses raffinées, ordinairement englouties. Mais tout le monde fera fête au chocolat. Un chocolat épais, onctueux, consolateur. Et réchauffant, d'ailleurs. La nuit est pleine de pluie, et si froide !

Un peu avant le matin, elle dégénérera en ouragan. Du haut de ses Dolomites, la bora, vent du nord, souffle en rafales sur toute l'Adriatique, la glaçant d'effroi. Le jour, à midi, semblera ne s'être pas encore levé et Philomène, devant l'air maussade de tous, renoncera même aux choses succulentes dont elle pensait garnir sa dinde. La volaille suffira. D'un Noël si noir, avec en plus ce qu'on a dans le cœur, il n'y a rien à fêter. Au moment d'aller chercher Malvina (qui n'est pas venue à la messe de minuit) pour le déjeuner, Philomène la trouve encore dans son lit, pas habillée ni prête. « C'est drôle, se dit-elle. Même les matins où elle se dit la plus percluse, elle est fringante pour au moins cela, descendre déjeuner. » Malvina, de fait, n'est pas immobile seulement. Elle est morte. Et déjà froide. « N'affolons personne, se dit Philomène. Telle qu'elle est maintenant, elle peut attendre jusqu'après le dessert. » Personne d'ailleurs ne posera de questions, les deux parentes le plus récemment arrivées parlent et parlent et parlent, comme des perroquets, et seul Hector se sent obligé de parfois leur répondre. Au café seulement (ou décoction) servi à table, Marine semblera sortir de sa torpeur :

— Et Malvina, dit-elle. Pourquoi elle n'est pas descendue pour déjeuner ?

Mais sa question, lancée comme au hasard, restera sans réponse.

Ensuite les vieilles parentes monteront faire leur sieste (ou jacasser encore : elles partagent la même grande chambre). Virginie, Philomène et même Géraldine s'affaireront à la toilette funèbre. Hector s'éclipsera, peut-être en contemplation dans son couloir de vues mortes. Amédée reprend Bach, qu'il a sauté ce matin. Godeffroi joue des pinces dans sa bouteille. Marine a demandé à ne pas remonter, elle restera près du feu. Tout à l'heure, Philomène lui préparera une de ses « décoctions », et sûrement elle se sentira mieux. Peut-on imaginer après-midi de Noël plus inoccupée, plus silencieuse, comme retranchée du reste du temps ?

C'est Philomène entrant lui porter sa décoction à 5 heures qui trouvera Marine affaissée, le visage un peu tordu, marmonnant des syllabes comme elle mâchonnerait sa brioche – vivante, mais à peine consciente déjà. Elle tord et retord ses doigts dévorés d'arthrite, comme si les pauvres doigts radotaient. Elle mourra tranquille, ayant survécu un peu à sa bête noire, dont elle ne pouvait se passer.

C'est trop de grisailles, en fait de Noël. Du coup, le dîner sera comme libéré, détendu en vérité : et on fera un sort gourmand aux délices rescapées du repas de midi. « Qui avons-nous à pleurer ? se demande Amédée, qui n'a jamais aimé les vieilles tantes. Elles sont mieux où elles sont que dans leur vieille peau, qui leur grinçait de partout. C'est Godeffroi qui nous a donné, cette nuit, l'inspiration sublime : qu'il ne faut prier que pour les vivants. »

11

La dent tranquille du gel

Le froid n'en démordra pas, mais l'ouragan renonce. C'est comme si la bora, rasant le flot, allait se jeter directement dans la figure des gens. Les Anciens se disent qu'on n'a pas vu pareil depuis l'année de l'indépendance grecque. Jusqu'à l'intérieur de la Passe-Dieu, où la cheminée flambe et le poêle autrichien de l'escalier chauffe, on a froid. Et si l'on pouvait interroger les cœurs, eux aussi diraient qu'ils ont froid.

D'un commun accord – à l'instigation de Philomène toutefois –, la distribution des cadeaux de Noël a été remise au premier de l'an. On y aurait davantage le cœur. Aux parentes en visite échoient les douillettes de mohair prévues pour Malvina et Marine : elles battent des mains de joie à cette surprise et s'en couvrent à l'instant, sans imaginer la circonstance à laquelle elles le doivent. Géraldine a un splendide archet : Amédée pour sa joie un hautbois, sur lequel il se précipite avant de s'être demandé comment on en joue. Pour le cadeau de Godeffroi, il faut aller dehors. Devant le perron, le maître d'écurie tient un noble alezan, qui fait fondre Godeffroi en larmes : il se cache la tête sur l'épaule de la personne la plus proche, en l'occurrence Géraldine, se laissant secouer de sanglots. Un peu calmé, il va à Philomène et lui dit à l'oreille, à elle seule :

— Merci, tante chérie. Je sais que tu me fais cela de la part de Friedele et à sa suggestion. Merci.

Il demande la permission de le monter tout de suite, elle est refusée vu l'état du pays.

— Tu le crotterais à vie, et te crotterais aussi, et qui brossera qui ? Merci bien. Tout ce que tu peux faire, c'est le tour du jardin, comme à la parade. C'est autrement noble que s'emballer et foncer dans les ronces. Et comme ça, nous aussi, nous aurons le temps de vous admirer, l'un comme l'autre. Et après, le champagne au frais depuis Noël, nous le boirons à la santé de l'an nouveau, et de ceux que nous aimons. Je vous ai fait une oie farcie.

Godeffroi se pavanera avec une élégance et une discrétion parfaites.

À table, on se régale. Dans un répit de brouhaha laissé par les perroquets de l'étage, les garçons échangent leurs impressions des cadeaux.

— Toi, tu sais déjà monter à cheval. C'est un plaisir que tu peux tout de suite te donner, et les autres te féliciter de si bien le faire. Mon cadeau à moi, c'est l'avenir. Et Dieu sait quand ? Comment je me débrouillerai de ce mécanisme et de ces trous, ça ne s'invente pas. Et je m'en voudrais de faire crier et détonner cette voix si délicate.

Godeffroi le pousse du coude :

— Je te connais, petit frère. Tu me joueras un morceau tout prêt et repoli pour mon anniversaire le 12 février, même si tu dois te cacher au grenier pour t'exercer.

Et il rit, d'un rire franc et joyeux comme libéré. À voix plus basse, à l'oreille du « petit frère » il ajoute :

— J'aime mon cheval, c'est comme si je le connaissais depuis toujours, que je sois né avec. D'un coup, tu sais, son nom m'a sauté aux yeux.

— Et quel ? l'interrompt Amédée.

— Effroi, répond Godeffroi d'une voix presque sans timbre et en baissant les yeux.

Le gel continue sa morsure cruelle. Mais le vent est tombé. Une felouque enfin peut percer le blocus du gel. Elle apporte des nouvelles du continent, après douze jours d'une angoisse que tous ont partagée, mais que chacun a cachée comme il a pu, même Virginie, si calme, si quiète, qui a délaissé ses trop tranquilles réussites pour se lancer dans un interminable tricot, comme s'y acharnant, furieusement.

Il y a une dépêche et une lettre. On ouvre la dépêche d'abord, avec presque du calme, on sait d'avance ce qu'elle contient. Hector l'a prise en main mais ses doigts tremblent. Il la repasse à Virginie qui très calmement ouvre et lit : « Friedele décédé matin de Noël. Paix pour vous. Lettre suit. Priez pour lui. Von Herbst. » Ainsi il le remet à la prière de ceux chez qui il est venu vivre ses derniers beaux moments. C'est bien. Tous acceptent, même Hector, yeux secs, bien droit. Seuls Godeffroi et Amédée se sont penchés l'un vers l'autre, s'étreignant les épaules et, la tête baissée, pleurent.

La lettre, elle, est autrement épaisse, d'une grande, ou même hautaine, écriture penchée. On fera cercle au salon pour l'écouter lire – par Virginie encore. Hector écoute, intensément. Lui ne s'est pas assis. Dans l'embrasure, les yeux dehors, au loin (ou peut-être fermés), il écoute. La lettre est de Franz Liszt.

Mes très affectionnés amis,

Dieu m'a fait la grâce que je me trouve là quand on a ramené François-Frédéric du sanatorium, en sorte qu'il a eu la consolation de mourir chez lui. Le cher enfant était d'une douceur, d'une résignation d'ange. Il souffrait, ce n'étaient plus ses quintes qui par moments le faisaient souffrir, il souffrait tout le temps, comme manquant d'air, asphyxié. À la fois douloureux à voir, tant il était creusé, raviné. Mais d'autant plus plein de lumière, comme si tout son esprit était rassemblé dans ses yeux, où clairement j'ai pu lire non pas plainte, mais abandon, prière. Il m'a dit comme il avait été heureux parmi vous. Il m'a surtout bien précisé que Dieu lui avait fait l'inimaginable grâce de lui mettre, tous les deux debout et la tête pareillement contre sa poitrine, deux merveilleux cousins, aussitôt devenus de tardifs et bien-aimés « petits frères », ceux qu'il n'a jamais eus, enfin trouvés. « J'ai donné au plus petit, qui s'emballe au piano (avec un grand talent), des exercices de patience, les *Préludes* et *Fugues* de Bach. Allez les voir, mon cher parrain, allez-y de ma part leur dire que le passant de la Passe-Dieu ne reviendra pas, et pourtant il y a trouvé enfin une raison de vivre. Ils s'appellent Godeffroi (quel beau nom !) et

Amedeo. Bénissez-les pour toute la vie. Et tous les autres, dites-leur de ma part mon dernier merci. »

Je vous ai rapporté aussi fidèlement que j'ai pu ses dernières paroles. Ainsi ferai-je, mes amis. Avec le printemps, ce n'est pas François-Frédéric, c'est moi que vous verrez arriver. J'ai gardé du temps libre pour vous et accepterai volontiers votre hospitalité, qui m'a toujours été chère.

Votre affectionné,
Franz Liszt.

12

Deux garçons, et pluviôse

Il n'y aura rien de notable les quelques longues semaines prochaines, qu'un ciel plombé par différentes épaisseurs de gris, le plus souvent ferreux, à peine parfois un peu traversé par un rai de lumière, dont on se demande d'où il nous vient, tant le soleil tout ce temps-là semblera se terrer. Chacun de son mieux prendra ce temps en patience, quoi faire d'autre ? Mais Philomène a du mal à cacher une irritation qui monte en elle, comme un reproche qu'elle adresserait au bon Dieu. « Ce n'est plus Passe-Dieu qu'il faut dire, Seigneur ! Mais Passe-rien. Ne nous laissez pas nous encroûter. Passe pour nous. Mais les petits ont besoin que quelque chose autour d'eux bouge. Je suis à la fois contente et un peu inquiète de les voir appliqués comme ils le sont, l'un à son bateau, l'autre à son piano, ces heures d'après-midi où il fait si noir et si frileux que ça en est décourageant. Il leur faut autre chose que leur tapisserie. »

Surprise il y aura pourtant, et merveilleuse, le 12 février quand, pendant que Godeffroi souffle les bougies de son gâteau d'anniversaire, un son se fait entendre, argentin : les « Ombres heureuses » de l'*Orphée* de Gluck, jouées avec quelque hésitation et courtes de souffle, rien que deux phrases, mais les plus belles de toutes, qui à l'instant refont de la Passe-Dieu un foyer d'émouvante et brûlante tendresse. Godeffroi laissera ses bougies d'un souffle éteintes fumer, ce qu'habituellement il déteste, pour se précipiter sur Amédée à l'en étouffer :

— Tu y es arrivé, petit frère. Tu t'es transformé en courant d'air et hop : te voilà ta machine à chanter à la main. Oh merci, merci ! Rien ne pouvait me faire plus plaisir.

Il l'étoufferait de joie émue, bouleversée.

Malgré le froid, ensuite Godeffroi entraînera le petit dans une excursion imprévue. Il l'installera sur son cheval, non pas en croupe, mais devant lui, comme s'il avait peur de le perdre de vue un instant, ou de le perdre tout court. Par d'invraisemblables escarpements (et la terre par bien des endroits est devenue boue, avec des restes de neige), Godeffroi conduit Amédée au point même où, l'été commençant à décliner, Amédée avait inventé de le rattraper, le rejoindre, se jeter dans l'eau, dans ses bras plutôt, de douze mètres de haut. Ici, le cheval immobile, Amédée frissonne. Il a le vertige, comme tout le temps de sa vie, sauf cette seule fois où par amour et admiration, il a sauté comme les yeux fermés. Il a les yeux fermés encore, mais se tasse comme pour mieux se mettre dans les bras de son bien-aimé.

— Que c'est bien que tu nous emmènes ici précisément. Il est arrivé tant de choses depuis : pourtant, nous deux et pour nous seulement, nous sommes restés pareil. Simplement, nous serrant davantage l'un contre l'autre. Que je voudrais qu'il fasse un peu soleil. Alors nous plongerions, n'est-ce pas, et nous étendrions sur le rocher que je peux voir d'ici, pour nous sécher. Mon Dieu, quand nous renverrez-vous un peu de votre chaleur ?

Il laisse passer très peu de temps puis, se retournant vers lui et le regardant jusqu'au fond de son regard, ce merveilleux regard d'aube grise, il demande :

— Pourquoi as-tu appelé ton cheval Effroi ?

Godeffroi s'attend à la question, qu'en fait personne ne lui a encore posée. Et il n'y a toujours pas de réponse.

— Je ne sais pas. Je m'attendais si peu à avoir un cheval à moi. Cela m'a traversé l'esprit. Un conte, quelques rimes, une chanson peut-être, trouvée dans un album ces jours de fin automne où, je ne sais pourquoi ni par quel fil qui me tirait, je croyais vivre dans un Nord imaginaire. Et ce cheval tout d'un coup. Palefroi. Pâle d'effroi. Le nom est venu, tout seul, ce nom absurde. Pourtant, vois-tu, quand je me sens avec cela vivant entre mes jambes, c'est si solide, si naturel, si chaud. Un exorcisme. Disparaît tout ce qui peut être dit effroi. Tu vois : cela ne veut rien dire. Ah ! ce n'est pas au nord que j'aspire aujourd'hui, mais au plein midi du Soleil Père. Je pourrais aspirer à devenir Ganymède et me laisser soulever. Me laisser ravir. Assez rêvé. Rentrons.

Ainsi ils seront les deux seuls, les beaux, tendres et si différents garçons. « Sages comme des images », rapportera dans la maison Philomène, qui leur a préparé un goûter comme s'ils étaient encore « ses petits », chocolat, cake et marrons glacés. Ah ! ce goûter, ils l'auront vite dévoré, « comme s'ils n'avaient rien mangé de la journée », ajoutera Philomène, pas mécontente de son succès. Sur quoi ils se remettent tous deux à leur application. Comme pour mieux entrer dans son travail, Amédée reprend le premier *Prélude* du *Clavier bien tempéré*. Godeffroi depuis avant-hier s'est mis à un nouveau bateau. La coque est déjà dedans, il commence à s'activer au gréage. Ainsi ils sont, pareillement ensemble et séparés. Sauf qu'il arrivera à Godeffroi la chose peut-être la plus troublante, et neuve, et inattendue de son hiver. Il a laissé ses pincettes dans la bouteille, soudain comme suspendu. Ganymède peut-être, qui sait ? Il lui est arrivé, sans que personne s'en aperçoive, et moins que quiconque Amédée qui lui tourne le dos, la chose à la fois la plus simple du monde, et la plus vertigineuse. Il écoute. Quel est donc cet abîme, au-delà ou au-dedans d'un écoulement si régulier, si lisse ? Où donc est-il maintenant appelé, emporté ? Quelque chose en lui s'est ouvert : et le monde n'a plus mêmes mesures, mêmes appels, même sens. Il dormira sur son secret et n'en parlera à personne, jamais. Peut-être aura-ce été sa vraie entrée dans son plus vrai silence ?

13

Enfin le printemps. Et Liszt

DEPUIS deux jours le ciel est moins fermé. On y voit de longues échappées de bleu, ce qui reste de la bora y disperse les nuages qui s'accrochent toujours. Grande excitation d'ailleurs : le personnel de la Passe-Dieu astique et frotte et rafraîchit, pour que la maison secoue son air d'hiver, qui a fait assez de mal. On en fait autant à la commanderie, où tout dort sous housses. C'est là, sur l'autre versant de l'île, que le voyageur sera logé, qu'il ait sa paix. Quand il désirera rejoindre ses hôtes à la Passe-Dieu, la calèche ira le chercher. À moins qu'il ne préfère un cheval ? L'hôte est illustre, c'est Franz Liszt. Il est merveilleux qu'il tienne sa promesse, promesse en somme qu'il n'a faite qu'à un mort. Mais il tient parole. Sa felouque, toujours la même, se détache de loin, dans le grand bleu vert de l'Adriatique, à présent apaisé. Alors ses hôtes prennent le chemin du port : Hector évidemment, qui tout le temps tiendra son chapeau à la main, comme s'il était en visite ; Philomène, émue comme une cousette, et qui le cache sous des gestes agités ; et les deux garçons.

Virginie et Géraldine se rendront directement à onze heures et demie, où est le rendez-vous.

Liszt détache sur fond de mer son profil qui est resté celui d'un bretteur, ou combattant, ou au besoin (et d'avance attendu comme tel) ravisseur. À presque 70 ans, il a gardé (un peu à force de volonté) sa silhouette conquérante, d'un qui ne se rendra jamais. C'est le visage sans doute qui a le plus changé, sillonné de rides, les grosses verrues saillant près du nez. Mais celui-ci, accentuant son côté crochu, reste d'une élégance, d'une autorité souveraines. Le vaste front se bombe, comme sous l'effet des méditations qui l'embrument. Ses cheveux flottent au vent. Sous sa cape il laisse deviner, mais avec la sévérité de l'abbé qu'il est aussi, la soutane. De dessous celle-ci des bottes dépassent, solides, pour marcher – pas les pantoufles brodées du Monseigneur. Dans le visage ouvert où les yeux sourient une sévérité reste, à demeure, que des sourires ne chasseront pas. Seulement, avec eux, la sévérité se fait en même temps indulgence.

Il salue avec une même affection les plus vieux, Hector, Philomène, dont il a déjà il y a une dizaine d'années goûté l'hospitalité. Et, sans leur toucher la main ni les laisser oser s'approcher de lui, tout de suite familiers, il toise les garçons, chacun, d'un regard d'une force terrible, qui les glace sur place. Impression qu'il efface d'un seul geste, leur imposant au front le signe de la croix et, les regardant jusqu'au fond des yeux, leur murmurant à chacun le nom dont Friedele les avait baptisés : Godeffroi et Beato. L'idée était de ne pas trop en faire ce matin même, et rien cet après-midi, où l'on laisserait seul l'auguste visiteur, en attendant le dîner où tout le monde, en son honneur, se mettrait sur son trente et un (et l'on murmurait que dès l'avant-veille, Virginie et Philomène complotaient des toilettes). L'heure serait aux causeries, à la joie de se retrouver dans une convivialité désassombrie. Dès aujourd'hui midi, les sujets d'être sombre seront exorcisés.

Liszt a bien écouté les récits de son filleul ; il sait où les choses se sont passées, et comment. Il porte sous son bras, ou plutôt, dans la montée, fait porter par Godeffroi une assez large boîte d'ébène. En haut de la butte (ah ! oui, Friedele lui a fidèlement rapporté les choses), il retrouve l'exposition sur les deux mers, la haie de cinéraires que percent quelques troncs plus noueux. Il ôte sa cape, laissant apparaître à son cou l'étole, enlève aux mains d'Hector le marteau et les clous qu'il l'a prié de prendre au passage à la Passe-Dieu. Le silence est d'attente, solennel, assurément religieux. Il n'a pas dit un mot aux dames qui l'ont précédé là-haut. En vérité, hors le regard flamboyant, on pourrait le croire voulant se taire encore, imposant une minute de silence. Mais non. Il fixe lui-même la plaque d'ébène munie de crochets et d'anneaux et lit, d'une voix forte et claire, qui ne se cache pas d'être brisée, l'inscription dont les lettres d'or se détachent :

MÉMENTO FRANÇOIS-FRÉDÉRIC, 1848-1878.
IMO NOSTRIS IN CORDIBUS REQUIESCAT.

C'est si simple, presque neutre, fait avec tant de naturel qu'on n'entend nul sanglot réprimé. Le seul Hector, la tête détournée vers la mer, ne veut pas regarder du côté de la plaque, et semble ne pas entendre non plus. Sur quoi Liszt les bénit tous, d'un geste majestueux et pacificateur, qui rend les mots inutiles, ayant très légèrement enduit la plaque d'un saint chrême. Il dit juste ces quelques mots :

— Je ne vais pas ajouter que tous, à quelque instant que Dieu le voudra, nous retournons poussière. Vous l'avez assez vérifié ici ces dernières semaines. Il faut être prêt, et remercier plutôt Dieu pour ce soleil d'aujourd'hui.

Au moment de descendre, il saluera Virginie avec un respect empressé, et lui prendra le bras, devisant avec elle tout le long du chemin. Une très légère collation de chocolat chaud et biscuits les attend à la Passe-Dieu. Très vite, la calèche emporte le visiteur. Il a voyagé toute la nuit, qu'il se repose. Ce soir, à table, il parlera.

14

Où la Passe-Dieu reçoit

CES dames n'imagineraient pas d'accueillir Liszt à leur table sans merveilleusement la garnir et se faire belles elles-mêmes. Deux sublimes daurades de l'Adriatique feraient le fond du menu. Cela reste chaque jour d'actualité. Sortant leurs toilettes de leurs placards, Virginie et Philomène se rendent compte à quel point elles se sont retirées du monde, à quel point surtout le monde s'est retiré d'elles. Il ne leur serait pas difficile, avec le contenu de leurs placards, de se donner un admirable air de gravures de mode. Mais des modes d'il y a déjà vingt ans. « Tant pis, se dit Philomène. Démodée je suis, eh bien, j'insisterai. C'est l'occasion ou jamais de remettre ce turban mauve que j'affectionnais, du temps où je chantais à Vienne – et mon écharpe verveine et pervenche. Et mes grosses perles. » Sans trop y croire, Philomène espère que la voyant, Liszt se rappellera une soirée à Vienne où il l'avait accompagnée dans un lied de Schubert, *Die junge Nonne*. Peut-être le turban, qui déjà alors datait, le fera-t-il se souvenir ? En tout cas, elle a un peu l'air de sortir de la *Sémiramis* de

Rossini – exquise de charme, d'ailleurs. Virginie, plus prudente, optera plutôt pour le style Gluck, ses cheveux relevés en chignon, et un rang de perles plus que fines sur le front lui tenant lieu de diadème. « Quel chic, quel charme, se dira Liszt en les voyant descendre l'escalier l'une à côté de l'autre, intimidées certes autrement qu'à midi, à leur rencontre sur la butte. Les princesses de Saint-Pétersbourg, comparées, ont l'air de marchandes à la toilette. Et elles, avant d'aller se coiffer, elles ont préparé le dîner !... » Amédée suit, mis en chérubin et sa blondeur bien lissée flottant sur ses épaules ; puis Hector, digne et même affable, mais comme fermé à double tour.

Le fait est qu'il y a eu erreur. Liszt a donné à la calèche ordre de partir une demi-heure avant l'heure convenue. Toute la Passe-Dieu en est à se pomponner pour le dîner – sauf Godeffroi, ayant pris son bain (seul) largement le premier, et vite habillé, qui s'est installé au petit salon avec son bateau, lui ajoutant quelques agrès. La cérémonie du matin, si sobre, l'a violemment ému. Il réalise d'un coup combien Friedele lui manque depuis qu'il est parti, combien leurs quelques mots échangés ont mis de simplicité, de transparence dans son imagination tourmentée. La plaie soigneusement cachée est redevenue vive. Il craint ce dîner où tout le monde parlera – on peut compter sur Amédée pour cela – avec brio et fantaisie et peut-être même profondeur, mais d'avance il se sent largué, incapable de suivre, de participer. Pas à sa place. Il compte sur cette demi-heure sans personne, et son travail purement de sang-froid, mécanique, pour calmer son énervement.

C'est dans cette disposition que Liszt, en avance, mais ne voulant surtout pas presser ses hôtes, le trouvera. Dos tourné à lui, et affairé. Un silencieux. La douce clarté de l'abat-jour semble mettre de l'argent dans ses cheveux plats. Il n'a pas entendu Liszt, ne s'est pas retourné. Liszt le voit dans la glace, concentré, le visage froncé. « Qu'il est beau et grave, et comme il est naturellement sage, se dit le vieil homme. On dirait un paladin. Un croisé, plutôt. » Il tousse discrètement, il ne veut pas que Godeffroi l'apercevant soudain puisse se dire qu'il a tourné le dos à son hôte. En hâte il se lève, va vers Liszt. Celui-ci le prend aux épaules.

— Tu es Godeffroi, mon ami ? C'est un beau nom. Et vous le portez bien. Je vous ai bien observé dans la descente à midi. Vous seul ne cherchiez pas à vous donner un air de quelque chose, méditatif ou priant, que sais-je. Cette décence m'est allée au cœur. Elle m'a rappelé François-Frédéric. Permettez-moi de vous dire quelque chose de très important tant que les autres ne sont pas arrivés. Mais le pauvre enfant, à vrai dire, m'avait tracé votre portrait, je n'ai eu qu'à vérifier. Vous êtes le jeune homme riche de l'Évangile, m'a-t-il dit. Mais lui, il laissera ses biens, et suivra le Seigneur. C'est un très lourd appel, mon ami, qui ne fait pas la vie confortable, ni sa propre âme aisément fréquentable à qui l'entend et se tourmente, ne sachant pas ce que c'est. La beauté désintéressée de votre regard, votre front si pur m'ont autorisé à vous dire cela, qu'autrement je n'aurais peut-être pas trouvé l'occasion de vous dire ; et peut-être ne se trouvera-t-il plus personne ensuite, jamais, pour vous le dire. C'est pour Beato, pour votre frère Amédée, qu'expressément Friedele m'a enjoint de venir. Il ruisselle de grâces et de dons, et je me réjouis d'avoir un grand moment à parler de musique avec lui. Mais l'esprit franciscain qui rayonnait en François-Frédéric, ce vrai esprit de pauvreté qui fait les vrais jeunes hommes riches, les vrais, ceux qui suivent le Seigneur, Beato n'a pas besoin de l'avoir, Beato, Fortunato. Permettez à un vieil homme qui vous aime de vous le dire, mon ami – et il me semble que c'est Friedele qui m'inspire de vous le dire. L'esprit de pauvreté crie en vous, et vous ne savez pas encore ce qu'il opère en vous. Les autres descendent, laissez-moi vous dire une dernière chose, mon petit. Avec votre frère demain je parlerai. Mais vous, je prierai pour vous. Je prie déjà.

Le visiteur accueille de façon charmante ceux qui descendent l'escalier, les dames d'abord, comme s'il était chez lui, qu'il accueillît des invités. Il fait grand compliment à Virginie de son diadème et de sa suprême sobriété :

— Vous n'avez pas besoin des cothurnes de Gluck, ajoute-t-il. Vous les avez aux pieds, naturellement.

Avec Philomène, il a une seconde d'attention, regardant alternativement le turban trop voyant et le front, les yeux, le nez, sublimes. Sa phénoménale mémoire est mise à l'épreuve.

— Philomèle, articule-t-il finalement, avec une douceur charmée.

— Mon Dieu, vous vous souvenez, monsieur Franz !

— Et comment ne me souviendrais je pas ? Le timbre, la voix, d'abord. Et ce turban, évidemment. Et ce divin duo de Berlioz que vous chantiez dans un salon, avec qui je ne sais pas au monde, et n'ai jamais su : « La lune, douce reine »... Ce nocturne de *Béatrice et Bénédict*, où l'on entend les oiseaux de minuit. Philomèle... Ensuite vous m'avez tendu votre album, que j'y inscrive quelque chose ; et je l'ai inscrit en souvenir de Philomèle, n'est-il pas vrai, mademoiselle Philomène ?

C'est comme si Philomène, épanouie de bonheur et rouge de confusion, en avait eu la parole coupée pour la moitié du repas. Elle se rattrapera, volubile et spirituelle, et pleine d'anecdotes, à l'entremets. Ainsi ce soir Liszt en visite ravira le cœur de chacun – sauf Amédée, laissé très en retrait ce soir. Mais il aura sa leçon, pour lui tout seul, demain. Il voit cela comme une revanche. Il n'a pu voir sans une morsure de jalousie son frère transfiguré en quittant Liszt à la porte du petit salon où ils ont été seuls un long moment. « Et moi, je restais comme un idiot à mettre en ordre mes boucles », se reproche-t-il. Jaloux, en effet. Jeune homme riche, qui a peur qu'on lui prenne ce qu'il a. Que Godeffroi lui prenne Liszt. Ah – et que Liszt lui prenne Godeffroi.

15

Une leçon particulière

Les instructions, au moment de se quitter, sont brèves et formelles. Un voyageur fatigué retourne se coucher. Mais il sera sur pied à 8 heures. Le temps de sa prière, sa méditation, son peu de piano (pour ses doigts), il sera prêt à 10 heures. Que la calèche amène donc Amédée à 10 heures tapantes. Qu'il soit muni d'un petit encas, ils ne seront sûrement pas à temps pour déjeuner.

Liszt évidemment ne s'est même pas aperçu qu'on a fait le grand ménage à la commanderie, comme si elle n'avait jamais cessé d'être habitée. En rentrant, il vient un instant s'asseoir devant un des deux beaux Bechstein, y laisse courir ses doigts, mais pas vite, pas comme s'il allait revenir aux défis digitaux de ses jeunes années. Depuis longtemps il se pose la question, depuis qu'assis au piano il ne rêve pas ni même ne médite. Et c'est un long chemin d'ascèse, quand on en vient à se priver de tant de prouesses et de joies, pour seulement essayer de savoir ce qu'on dit, comprendre ce qu'on fait. « Est-il sûr que quelqu'un se soit posé la question avant moi ? Pas parce que je suis plus intelligent qu'eux, mais parce que le temps ne demandait pas qu'elle se pose. Bach, Beethoven, vrais géants et grands esprits comme ils étaient, n'ont pas dû se la poser. Moi, depuis bien quinze ans déjà, je me la pose. Peut-on penser au piano ? Le piano est-il un instrument fait pour qu'on pense avec lui, ou sur lui ? Et de là même jusqu'à cette question d'apparence absurde, mais qui ne me quitte pas depuis que je me la pose. Peut-on penser autrement qu'au piano, à l'aide du piano ? Quelle autre forme si souveraine, si directive, aussi nette a-t-on trouvé à opposer à la turbulence naturelle (féconde d'ailleurs) du troupeau des états d'âme, des affects, des émotions qui toutes se prennent pour de la pensée ? Merci de m'avoir adressé cet enfant, Seigneur. Quelque chose pétille en lui, une sensibilité juste, un goût du beau, et le sens des sacrifices qu'il commande. Vous me l'envoyez au moment juste où je dois faire le point sur moi-même, non comme pianiste, mais comme musicien. Comme compositeur. Comment l'enfant se douterait-il que celui des deux qui aujourd'hui demande le plus, a besoin qu'on lui apporte le plus, c'est moi ? Moi qui me suis voulu, et suis peut-être devenu, le prince des pianistes, le prince des musiciens. Ce piano est beau, de sonorité sublime, remarque-t-il en le refermant. Trop beau pour de si jeunes doigts. Il ne faut pas avant l'heure ouvrir la boîte de Pandore. »

Au matin, il s'est fait en effet chauffer un peu de café et y a trempé un peu de pain sec. Et ses exercices suivront, ceux des doigts, ceux de l'âme. « Faut-il distinguer ainsi ? se dit-il soudain. Non. Exercices des doigts en même temps que ceux de l'âme. Et ceux-ci acheminés par ceux-là ! Le voilà, le secret, et la réponse donnée en acte à la question abstraite qui me tourmentait hier. C'est ce qui me fait bien faire mon piano (cela m'arrive quand je veux), qui fait aussi que je pense en ordre (en tout cas quand je joue, et ne joue pas n'importe quoi). Non, pas de l'Alkan. Pardon, ni même du Liszt. J'entends la calèche. Ils sont ponctuels, c'est bon signe. C'est bien. »

La leçon de fait sera brève. Liszt ne conduit pas Amédée, un peu désappointé, à un des magnifiques Bechstein qu'il rêve qu'on lui permette de toucher. Liszt lui fait prendre un petit escalier et ils montent à sa chambre qu'il a voulue petite (évidemment, pas une des magnifiques chambres de la façade), mais nue, blanchie à la chaux, avec un lit de fer étroit et un petit seau. Un grand crucifix à la tête du lit, mais commun : celui qu'on trouverait dans des auberges, pas dans une basilique. Dans un coin, mais bien éclairé par la fenêtre, un piteux, tout pauvre piano droit. Amédée ne peut s'empêcher de lever vers Liszt un regard interrogateur.

— Je l'ai désiré ainsi, dit Liszt, prévenant la question. Je ne t'ai pas fait venir ci, répondant au vœu d'un bien-aimé disparu, pour t'apprendre à jouer du piano. J'ai entendu un peu de ton Bach « réglementaire ». Je t'ai même entendu, te croyant seul à l'étage, te lancer dans ma *Vallée d'Obermann*, très hardiment, ma foi ! Tu sais déjà jouer du piano. Ce que je voudrais t'apprendre, c'est d'imaginer ce que tu fais quand tu joues du piano, le comprendre, le penser. Ce recul, cette distance de plus. Pour un auditeur, ça ne fait pas de différence. Mais pour le pianiste ! Peut-être ne comprendras-tu pas tout de suite. Mais qui te presse ? Va ton train, toujours. Et en y prenant plaisir, toujours. J'ai joui de la vie, jeune, Dieu sait. Mais si un peu de joie durable reste dans mon piano, c'est parce que la joie de vivre, de chanter avec lui, d'être moi l'a nourri. Je te jouerai mes *Nuages gris*, si gris en effet : mais tu y entendras ce qui me reste de gloire de Dieu telle que les cieux, et les nuages, peuvent la dire. Sinon, à 40 ans, on ferait aussi bien de refermer son piano. Joue-moi ce que tu sais ou aimes le mieux de Beethoven.

Amédée s'assied devant le petit piano, qui est grincheux en plus, et joue, en y mettant le plus de legato qu'il peut, et aussi le sentiment le plus juste et économe, le plus chaste qu'il peut (et lui revient en tête la recommandation de Friedele), le mouvement grave de la *Pathétique*. Pas un instant Liszt ne regarde ses doigts. Son front seulement, creusé des rides de la concentration, et le peu d'yeux qu'il laisse paraître un peu, rarement.

— Bien, bien. Je vais te faire un compliment qui vaut tous les autres. J'ai quelques fautes mineures dans tes doigts à te reprocher, qui s'effaceront peu à peu. Tu n'as que 12 ans, hein ? Mais le tact musical ; le sentiment sobre, non sans l'émotion qu'il est textuellement demandé par la musique de communiquer, mon Dieu, on n'ose pas employer ces mots, pourtant c'est surnaturellement juste.

« Tu dois te faire plaisir en jouant, tout le temps, de plein droit. C'est ton âme, ta sensibilité entières qui se découvrent, se donnent par cet acte. Prendre plaisir soi-même, et d'ailleurs toujours jouer comme s'il n'y avait personne là, même s'ils sont mille. Ne jamais chercher à leur plaire. C'est à toi de les attirer où tu es, où Beethoven est, là d'où Beethoven te parle ; mais tu n'as pas à descendre vers eux, avec des complaisances et des effusions, pour qu'ils te mangent dans la main. Le seul auditoire qui compte n'est qu'idéal ; d'abord Beethoven en personne, que tu dois te représenter comme là, te regardant et te pesant. Les quelques-uns aussi qui viennent pour qu'on leur change la vie, leur apprenne à penser plus droit, et non pas pour se donner une heure de ce qu'ils appellent évasion, et qui est tout juste distraction, divertissement. Restent Bach et Beethoven. Avec eux, selon des règles et des repères différents, on ne peut qu'aller droit. Pas Mozart, remarque bien. Il est trop notre ami, l'âme va à son bras comme elle danserait, souple, s'oubliant. C'est le contraire. Mais Mozart et lui seul est la grâce… Le seul qui nous fasse croire qu'il n'y a pas besoin de règles.

Il soupire, se tait un instant :

— Mon Dieu, il faudrait qu'on puisse jouer sans ces mains, ces maudites mains, qui font qu'on n'écoute que des mains. L'âme devrait pouvoir s'exhaler par tous les pores de la peau, et se donner toute nue à entendre. Vers cela, obscurément, tous aspirent. Mais ne s'en rendent pas compte. Et si parfois on a frôlé ce miracle, on l'oublie et le fait oublier sous des grondements, des effets, des roulades. Le pianiste devrait être en soutane, et les fidèles à genoux.

« Je suis devenu abbé, sais-tu. Pas pour être plus près du bon Dieu. Mais pour ne plus vivre chamarré.

Pour être dispensé du paraître. Mon Dieu ! Si je pouvais devenir transparent à moi-même, invisible à moi-même. Ma soutane me rapproche du rien. Je suis sans doute trop vieux maintenant. Avant, j'ai été trop jeune. On passe toujours à côté...

Amédée toujours assis lève les yeux vers l'abbé, tournant la tête, subjugué, comme s'il entendait le Père dans son buisson ardent. Il ne comprend pas, et pourtant il suit. Il se relève un peu et se jette sur la poitrine du saint homme, pleurant doucement. Liszt lui caresse les cheveux, non moins doucement.

— Bien, bien. Sans trop de gestes, de démonstrations. Nous devrions toujours avoir à portée de la main quelqu'un près de qui il est permis de laisser aller les larmes, les tendresses aussi. Ainsi tu sors de toi-même. Et c'est difficile de se faire caresser les cheveux par son ange gardien. C'est pourtant pour cela qu'il est fait. Ouvrir, ouvrir. Donner, donner. Ne pas chercher à augmenter sa portion, à prendre. Et demander, oser le faire, sans fausse fierté. La pauvreté, Beato, elle est la seule fortune où nous puissions suivre le Seigneur, le retrouver. Hélas ! il faut traverser du malheur, et l'accepter, pour seulement commencer à entendre le cœur du monde, tel qu'il bat. Avoir pris sa part des misères, des tristesses, les nobles et les banales. Sinon, comment entendrait-on la consolation d'En Haut telle qu'en musique, elle nous vient du seul Mozart ? Beato, Beato...

Il lui tire presque les cheveux :

— Il faut que tu t'apprêtes à souffrir, et beaucoup, et pas par les points où tu t'y attends. Car tu as le don. Et ce don se mérite, ou plus exactement s'expie. Que tu sois prêt, et que tu acceptes, en serrant les dents. Et souriant tout autant. Le paradis, l'arche de Noé qu'est restée cette île, contre toutes les habitudes humaines, ce fragment pur d'intemporalité, il se peut que Dieu le casse demain, et que tu n'aies plus rien sous tes pieds, pauvre enfant tout nu. Tu verras alors que pour survivre il suffit de prendre une flûte, et de jouer Chérubin.

Long silence, qu'Amédée se garde bien de déranger. Il est plus serré contre la poitrine de Liszt, sent sa chaleur, et sa force aussi, qui entrent en lui.

— Tu ne sais pas ? Nous allons rentrer et leur faire la surprise de leur demander à goûter. Je me donne l'impression d'être en haut du Sinaï et de parler depuis des siècles. Je ne résume pas, mais il y a quelques mots, à retenir tels quels, et à tâcher de comprendre un peu mieux chaque jour. À prendre au pied de la lettre. Pauvreté. Chasteté. Don. Et que je n'oublie pas : esprit de demande. Demander ouvre autrement que donner, et de façon plus difficile. Et voilà. Je vais rester quelques jours encore, et tu vas déchiffrer comme tu pourras le deuxième mouvement de la sonate de Beethoven dite *Les Adieux*. Le deuxième mouvement, c'est « L'Absence ». Beethoven dit *Abwesenheit*. Médite ce mot, laisse-le creuser en toi. Les pensées savent très bien vivre au fond de nous-mêmes, si nous ne laissons pas trop d'émotions s'y mêler. Allons. Aux brioches de la chère « Philomèle ». Je meurs de faim, et je me sens avoir 100 ans. Heureusement la calèche est là, au perron.

16

Adieux

On rentra. Des brioches, des confitures sont sur la table, prêtes, et sûrement il y en a assez pour deux de plus. Les nouveaux arrivés ne disent rien de leur séance écourtée, et certes personne n'oserait les interroger. Liszt de fait est pressé, il y a deux choses en même temps qu'il a à arranger. Il va installer Amédée au grand piano, en lui recommandant d'en tirer le moins de son possible, il lui joue *Abwesenheit*, le mouvement lent des *Adieux* et le laisse en tête à tête avec la partition.

— Je te laisse, Beato. Ton frère va me mener voir des points de l'île dont je suis curieux, des points de rencontre des vents, des bruits mystérieux. Je veux entendre cela. Toi, tu t'appliques. Tu fais le moins de bruit, tu donnes le moins de son possible. Tu ne joues que pour toi et personne ne sera derrière la porte du couloir à écouter. Pense à ce que tu joues. Non. Nuance. Complément d'objet direct. Pense ce que tu joues. Alors s'ouvre le chemin, et ne restent plus que des difficultés secondaires. Tu es seul avec Beethoven, c'est-à-dire ta conscience.

À mon retour, et pour moi seul, tu me joueras ce que tu auras trouvé.

Il lui trace alors sur le front le signe de la croix et ferme la porte derrière lui.

Il a grand désir d'être de nouveau un peu seul avec Godeffroi, et pour des raisons les plus avouables de monde : l'exploration des recoins de l'île. Mais c'est d'autres coins et plis qu'il est curieux, cette sainte droiture en Godeffroi qu'il a perçue, et qui le fait désirer plier le genou devant lui, comme un élu, comme un appelé : et cette profonde, mortelle inquiétude que Godeffroi lui a laissé entendre tout bas, précisant d'ailleurs qu'il n'y a rien ici qui ne doive conspirer à sa joie, le rendre plein de gratitude. Seulement ce trou même pas noir, mais sans couleur, qu'est son cœur.

C'est loin pour y aller à pied. Godeffroi offre à Liszt un bon cheval tranquille, mais s'entend répondre :

— Merci bien. Je devrais retrousser ma soutane, me remettre à l'équitation pour si peu. Je me mettrai en amazone, si tu veux bien, devant toi ; et ainsi, à mesure tu pourras m'expliquer, me commenter ce que je serai en train de découvrir. Je t'encombrerai un peu plus qu'Amédée, mais on s'en tirera. »

Godeffroi en vérité se taira, laissant l'autre cavalier ouvrir les yeux, se taire aussi, et s'émerveiller. À la pointe rocheuse seulement d'où se voient (et s'entendent) les deux si différentes mers qui ceignent Orplèthes, Godeffroi suggérera seulement qu'on mette pied à terre, s'asseye sur un rocher, et observe.

— Je vous en prie, monsieur Franz, écoutez bien ce qu'on entend d'ici. Il faudrait qu'il y ait plus de vent encore, que ça porte mieux, mais la tranquillité de l'air aussi permet d'entendre. Je suis venu ici trois ou quatre fois, à minuit, seul et sans le dire à personne, avec des pèlerines de plus, quand il faisait si froid et que nous avions tellement de raisons d'être tristes. Il n'y a pas de souvenir que personne dans l'île ait jamais entendu cela. Légende, disent en grognant les plus anciens. Mais moi j'ai toujours cru que les sirènes existent, qu'elles sont tout autant humaines que poissons, et elles chantent, elles attirent vers l'eau de la mer ceux qui ont le malheur, ou le bonheur, de les entendre pour faire d'eux leurs compagnons, eux aussi autant poissons qu'humains. Depuis les récits d'Homère j'y ai cru, toujours, de toutes mes forces. Moi, dans mes excursions, tout seul, sur mes bords d'île, je leur parlais. D'un pied je m'accrochais au rocher, de l'autre à ma barque, et leur lançais des morceaux de pain, pour les attirer à la surface. Elles happaient le pain. Je ne les voyais pas, mais croyais les entendre. Mais ce n'était que jeu, je sais. Un jeu d'enfant, trop seul, trop excité, et qui n'a pas la musique au bout de ses doigts pour amarrer ses rêves.

« Mais cet hiver il y a eu autre chose. D'autres appels croisés de vents, avec des cris. Une fureur encore jamais entendue. Et je suis resté faire le guet, des heures. Aussi à force d'attention et d'accalmies d'un instant, je les ai entendus crier. Appeler. Depuis l'autre côté d'Otrante, du bord de la Sicile, dans le goulot de Messine comme une prison où on les tient enchaînés, et qui hurlent faute de pouvoir se mordre et se déchiqueter l'un l'autre, les chiens monstres, Charybde et Scylla. Ils appellent. D'un cri plus charmeur, plus tentant encore que celui des sirènes, ils appellent. Ils attirent. Ils ne seront apaisés, et pour seulement deux nuits ou trois, que quand ils auront attiré dans leurs bras, dans leurs crocs, le malheureux, ou l'élu, qui leur a ouvert ses oreilles, les a cherchés des oreilles. Ah ! quand vous m'avez parlé hier soir, quand j'ai de derrière la portière entendu celui que vous appelez Beato, mon frère effectivement bienheureux, vous jouer le peu qu'il sait, ah ! je me suis dit qu'il n'y a que la musique, si je l'apprivoisais, qui me délivrerait de cette façon insupportable d'entendre, d'attendre, de tendre – de désirer. Mais je ne le pourrai plus. C'est trop tard et je n'aurai pas eu la chance que François-Frédéric d'abord et vous ensuite, monsieur Franz, me nettoyiez les oreilles et m'indiquiez un peu où elles peuvent conduire. Et je reste là, comme un nigaud, avec mes voix d'outre-Otrante, mes appels qui ne me disent pas où aller ni comment y atteindre. Je vous demande pardon de ma sottise, monsieur Franz. Mais je crois vraiment que d'ici on entend quelque chose qui est fabuleux, irrésistible. On ne l'entend que d'ici. Et tous ne l'entendent pas.

Godeffroi se tait, comme à court de souffle et de paroles, et de songeries. Liszt garde, et intensément, le silence. Est-ce que lui aussi écoute ?

— J'essaye, mon ami, mais pour ma part je n'entends rien, que de grands cris entrecroisés en effet, et vers le talon de la grande botte qu'est l'Italie, encore plus loin qu'Otrante. De toute mon âme aussi je crois que les choses nous parlent, autrefois j'ai interrogé des bords de source, des lacs, des orages. Oh ! Puisses-tu te trouver toi-même de très grand sang-froid, Godeffroi, mon ami, dont le cheval répond au nom d'Effroi. Tu as besoin de tenir fortement au sol, car quelque chose en toi s'envole : et les tendresses de Philomèle, la beauté de l'île, l'amour même que tu portes à ton frère ne suffiront peut-être pas à t'enraciner assez fort pour que tu résistes à tous ces vents, à toutes ces voix. De qui donc as-tu hérité cette part en toi de vent, de nord, maintenant murmurante, parfois dévorante, que tu portes dans ton cœur ? Tu devrais voyager, aller voir d'autres villes, et d'autres gens que les poètes anachroniques que vous êtes, vous tous Scazzèthes. En août je serai à Lorette, ma retraite, mon autre maison. Viens-y si tu veux faire silence et te déplier au soleil près de moi. Je ne sais quoi te dire de plus, mais viens. Viens, petit frère débordant de grâces, et si léger, et si lourd. Je ne peux que prier, que tu viennes en août, et d'abord passes bien ce printemps. Merci. Tu m'as fait découvrir bien mieux que des coins d'île et une musique de vents : ton âme courtoise et douloureuse. Ah ! Tu es à toi seul un morceau de musique, simple, nu, très gris et lumineux en même temps, d'une lumière grise comme il n'en émane que de ces ciels à nuages, cette aube grise

– je voudrais être capable de la tracer sur du papier, comme d'autres d'un trait évoquent les visages, les caractères. Prends force, mon ami. En bas, tout à l'heure, personne ne nous demandera de comptes, et surtout pas Amédée. Mais toi, et moi, nous avons entendu ce que nous avons entendu. Et c'est scellé. *Oremus* ! »

17

Doigts, ailes, envols

LISZT écoutera soigneusement le fragment beethovénien mis au point (relativement) par Amédée.

— Tu as trouvé d'emblée la sonorité piano, retenue, que je te demandais. Continue. Continue ton Bach aussi, sans faute. Et pense profondément à ce que je t'ai dit : qu'il faut penser à ce qu'on fait, mais surtout le penser. Je reviendrai peut-être dans quelques mois, qui sait ? De toute façon, dès que tu le désires, tu m'écris à Weimar où j'ai mes élèves, et je te fais travailler comme l'un d'eux. Et je sens que ça va être assez vite.

Avec tous les Scazzèthes, les adieux ont pleins d'affection, avec quelques larmes aussi ; et la promesse de ne pas rester dix ans sans revenir. Avec Godeffroi, ce ne sont pas des mots surtout – il y en a eu presque trop déjà. Mais comme un rite. Bien droits l'un face à l'autre et des bras s'étreignant déjà, les yeux de part et d'autre ardents, ardents jusqu'à brûler, et les poitrines l'une contre l'autre. Une longue étreinte silencieuse, et ne demandant rien d'autre. Point de signe de croix sur le front, mais ceci :

— Tu ne sais pas à quel point je t'aime et te prie, mon ami. Sois prêt. Quand je serai à Lorette, en face, viens le temps que tu veux.

Les yeux dans les yeux, avec une gravité, une solennité de part et d'autre qui les frappent l'un comme l'autre, se disant : « Est-ce bien moi ? Est-ce lui ? De quoi de magnifique cela est-il signe, ou promesse déjà ? » Quand la felouque s'éloignera, Amédée rentrera en courant à la Passe-Dieu, à ses *Adieux*. Par l'autre côté, très rocheux, Godeffroi montera pour pouvoir suivre l'esquif sur la mer noire à cette heure. Puis il montera à sa pointe, entendre si les sirènes crient. « C'est étrange, se dit-il, et c'était déjà vrai, petit. Les livres que je lisais... J'aurais été fier d'affronter les tigres, les bisons, la force et même la cruauté. Mais les chacals, les coyotes, les hyènes... Leur contact doit être gluant, devant leur cri la nuit il n'y a qu'à fuir. »

Comme pour se rincer de ces pensées, il coupe presque à pic vers une plage où il ne va plus depuis longtemps, dite des Sept-Figuiers à cause d'arbres depuis longtemps disparus. Il y a là une longue plaque rocheuse, creuse, où l'eau laissée par les vagues tiédit avec une douceur tentante. À sa surprise, alors que l'air est encore assez frais, le soleil de l'après-midi a presque tiédi cette vasque. Godeffroi nu a peur d'y entrer, mais le petit vent frisquet soudain lui fait penser qu'il sera mieux dedans. Et c'est vrai. Et il s'étire, lavé, défatigué, avec une espèce de volupté. De retour à la Passe-Dieu, il trouve Amédée à son piano, encore. Nul ne l'a vu entrer, il est derrière la portière de velours, comme aux aguets. Que saisira-t-il au vol ? Bien au contraire. C'est cette très brève phrase qui l'entraîne et l'envoûte. Son frère la polit et repolit, donnant l'impression qu'il la caresse, et que c'est là une volupté plus traîtresse que l'eau verdâtre et tiède d'une vasque. Les vingt minutes peut-être qu'Amédée passe à reprendre sa phrase et l'attendrir, Godeffroi reste là, subjugué. Qu'est-ce là ? Cet appel que lui en tout cas ne peut pas suivre ? Cet « autre part » auquel il ne peut pas accéder ? Il s'efface dans le couloir et va se mettre propre pour le dîner.

Il fera très beau le lendemain matin. Amédée est à son Bach d'abord, comme promis ; un peu. Et il enchaîne les *Adieux* ; la même phrase, avec la même couleur, comme s'il voulait l'empêcher de s'échapper. Malgré le grand soleil et le ciel très bleu, Godeffroi ne sort pas. Il écoute. Pour se donner une contenance, il fouille des pinces dans sa bouteille, sans même regarder ce qu'il fait. Philomène, passant à côté, frissonne presque d'une sorte d'anxiété en les voyant, à pareille heure, par pareil temps, sages « comme des images ». Après le déjeuner, le ciel étant plus lumineux encore, d'autorité, Godeffroi entraîne Amédée :

— Tu as assez travaillé ce matin, petit frère. Tu ne m'as même pas vu, mais moi j'étais là, à t'écouter. Alors en selle, maintenant. Je vais te faire goûter quelque chose d'imprévu.

Il installe Amédée devant lui, comme l'autre fois, le soulevant comme s'il était une plume.

— Que tu es léger, Chérubin. Et comme tu pèses, pourtant.

Tout au vent de la course et au paysage enchanteur, Amédée ne relève même pas ces quelques derniers mots énigmatiques. Une fois aux Sept-Figuiers, Godeffroi, déjà à terre, le soulève une nouvelle fois, léger, léger. Amédée se demande s'il ne va pas, hop, le faire sauter en l'air comme autrefois. Non. Il l'entraîne à la vasque.

— Tu vois cette merveille ? Cette couleur ? Et elle est tiède, tu sais. Je l'ai déjà goûtée, hier. Viens vite. On va se rincer de toutes les tristesses d'hiver qu'on traîne tous les deux. Allez, vite. On se déshabille.

En un tournemain Godeffroi est nu et Amédée, à qui il n'a laissé le temps ni de souffler ni de réaliser, est lui aussi presque nu déjà. Godeffroi est au bord de la vasque, et tend vers lui la main. Amédée la saisit, nu lui aussi maintenant, et fait un pas vers l'eau. Avant qu'il l'ait touchée de l'orteil, une risée brusque passe, qui le fait frissonner et reculer.

— Mais non, idiot. C'est ce petit vent. Tu verras, c'est meilleur dedans. Et nous allons jouer à passer le tunnel, comme quand on venait ici.

Le fond de la vasque offre un petit brin de voûte sous laquelle ils s'amusaient à passer, sous l'eau, autrefois.

— Non, je t'assure. J'ai carrément froid maintenant.

— Imbécile ! Froussard ! Regarde comment je plonge, moi !

Et il disparaît, réapparaît, sur place, deux ou trois fois.

— Allez, viens ! Tu ne vas pas me faire honte, quand même !

Amédée rougit, mais ne bronche pas.

— Eh bien alors je vais plonger, et pour de bon, et je ne remonterai jamais.

Amédée incrédule, mais s'attendant à n'importe quoi, reste sur le bord, médusé. L'autre en effet ne remonte pas et Amédée, un peu tard, se met à compter les secondes, s'affole, se jette à l'eau et voit à deux mètres son frère qui ressurgit en riant :

— Imbécile ! Tu vois, c'était une farce. Et tu as bien fini par y aller quand même. Mais avoue que j'ai bien fait de t'entraîner.

Et il le soulève encore dans ses bras, et le chatouille, et le dévore de baisers jusqu'à ce qu'Amédée aussi rie, et de bon cœur.

Sans s'être donné le mot, aucun des deux ce soir à table ne parlera de ce qui est quand même un exploit et aurait normalement donné lieu à des tartines. Il sera surtout question à table de la santé de Liszt, sur laquelle les avis sont partagés.

— En tout cas il est drôlement fort, conclut Godeffroi, se souvenant de leur escapade de la veille.

Le froid, un peu de vent continuent. Mais le ciel devient toujours plus bleu, le soleil plus réel. On reverra des barques sur la mer, toutes, par prudence encore rentrant assez tôt. Le samedi après-midi, les gosses, sur les embarcadères, attendent en battant des mains les barques parties depuis l'aube grise. Soudain, il fera traîtreusement doux.

Godeffroi, à 4 heures, annonce qu'il va mettre son bateau à la mer. Il reste trois grandes heures de jour. On lui recommande d'être prudent. On sait qu'il l'est. Il essaye le bateau, qui va. On le verra le ramener à son petit port, à l'abri du vent. Il le laisse à flot. Sans doute ressortira-t-il le lendemain matin. Il remonte à la maison et embrasse tendrement, dans la nuque, Amédée qui joue et ne se retourne pas, mais lui sourit dans la glace qui lui fait face, d'un sourire auquel il sourit en retour. Un instant il va garder ses deux mains posées sur les épaules du petit frère qui joue. Beethoven. À l'infini. La même phrase. Puis il annonce qu'il descend au port. Il va parler avec le charpentier d'aménagements à donner au bateau. Ensuite il retrouvera des camarades, avec lesquels une sortie est projetée pour le dimanche suivant. Qu'on ne l'attende pas. Il aura dîné. Il se couchera sans déranger personne. Le lendemain, très tôt, il désire aller en mer. On ne le verra pas partir.

On ne le verra pas partir, en effet. Un grand vent soudain s'est levé dans la nuit et balaye la mer. Tout s'est calmé au matin. À 9 heures, on croira que Godeffroi vient de partir. À 1 heure, on s'étonnera qu'avec cette mer calme il ne soit pas encore rentré. On ira aux nouvelles. On s'apercevra que la veille au soir personne ne l'a vu. Au petit port l'amarre est soigneusement roulée, et rangée. Sèche. Les rafales de la nuit ne l'ont pas trempée. Il était donc parti avant. À quelle heure au juste, on ne sait pas. On ne saura jamais. On ne le retrouvera jamais.

DEUXIÈME PARTIE

L'absence

18

Les égarés

D'ABORD pas un instant Amédée ne l'a cru parti. Disparu peut-être, caché : et il ressortira comme un diable de sa boîte, en riant : « Je vous ai bien eus, hein ! » Hier encore il a essayé son effet avec son semblant de noyade. Il peut s'être terré n'importe où, et même avec des provisions peut-être, pour durer plus longtemps. Il connaît toutes les cachettes possibles, et il y en a. Ainsi Amédée épuisera deux jours, au-delà de toute vraisemblance. Mais qu'importent les vraisemblances, qui elles-mêmes ne sont que des semblances d'un vrai vraiment vrai qui de toute façon nous échappe ? Amédée a en lui davantage. Il a foi. Et si la foi soulève des montagnes, elle peut dissiper des semblances. Faire qu'une barque soit partie vide. Ou qu'allé par la mer on revienne par le ciel.

Entêtement radieux. Il touche Philomène au point de l'atteindre, de la convaincre. Elle veillera exactement à ce qu'à la Passe-Dieu chacun continue à trouver prêt ce qu'il s'attend à trouver prêt. Et elle fait bon visage à ce que chez les autres elle considère comme un manque de tenue. Virginie affaissée sanglote, refuse la moindre « décoction » ; mais il faut lui changer ses mouchoirs. Hector silencieux s'est raidi, ce qui est sa façon à lui de se tasser, bientôt s'effondrer. Géraldine s'est enfermée dans sa chambre et joue Bach au violon, en essayant de le moins possible se faire entendre, mais avec une sorte de rage. Et Philomène, si attentive à ce qu'elle appelle ses « états d'âme » et à ce que jamais ils ne perturbent ses devoirs de surintendante de la Passe-Dieu, observe en elle, incrédule, deux de ces « états » qu'elle imaginait incompatibles. Ce désespoir qui lui mord l'âme, qu'elle a en commun avec les autres ; et cette foi, qu'elle partage avec Amédée, sans qu'ils se soient donné le mot. Les autres se sont dit : « Il ne peut pas être parti. Il n'est pas possible qu'il soit parti », supposant que ni Godeffroi dans un coup de folie ni Dieu dans sa Toute-Puissance n'a pu permettre pareille outrecuidance, qui de fait les laisse stupéfaits plutôt que douloureux. Philomène accepte, parce que sa foi est d'aimer la réalité telle que Dieu l'a faite, sans prétendre la changer par des neuvaines. Mais plus solide que sa foi, et commençant où s'arrête la foi, Philomène a l'espérance, la sainte fille. « Il reviendra, se dit-elle, ne doutant pas un instant qu'il soit parti. Mais nous ne savons pas la fin. Demain, après-demain nous verrons clair, et tout sera pardonné. » Et elle retourne s'occuper des vieilles d'en haut, qui pleurnichent, et qu'un peu de compote console de bien des choses – pour un moment au moins.

Amédée certes est toujours dehors ces deux jours, s'éreintant à fouiller ravines et cavernes. Mais c'est comme si, implicitement, dans la dérive de tous, il assumait le commandement. En deux jours il lui vient au visage, au regard, à la carrure quelque chose du sérieux de Godeffroi et de sa douce gravité, il rattrape d'un coup leurs quatre ans d'écart jusqu'à paraître, quoique toujours frêle, plus décidé, plus tranchant, plus volontaire – plus adulte en fait, assurément. Au bout de ces deux jours, il renonce. Si Godeffroi se cache quelque part, ce n'est pas dans un trou de l'île, ou pour faire semblant. C'est ailleurs. Là où on ne le cherchera pas. Il ne s'est pas jeté du haut d'un rocher, c'est sûr, il n'y aurait pas cette mise en scène. Il a choisi de partir. Que la volonté de Dieu soit faite et que la sienne, à lui aussi, soit respectée. Tout ce temps où il ratisse Orplèthes, Amédée a aussi donné ordre qu'une felouque soit prête à l'emporter. Quel autre recours, quel autre conseil peut-il trouver en ce monde, sinon Liszt ? Lui peut-être comprendra. Ou peut-être le disparu est-il allé, lui le premier, chercher lumière auprès de lui ? Notre-Dame de Lorette, faites qu'il en soit ainsi !

19

Lorette

La dépêche arriva d'abord. En en prenant connaissance, ce n'est pas un jeu de mots, Liszt crut perdre connaissance. Il porta ses mains à son front, comme pour se cacher les yeux, et qu'ils n'aient pas lu. Inutile. Dedans les lettres dansent déjà, en lettres de feu. « Godeffroi disparu. » Pas un instant il ne se dit qu'il a mal lu, que ce n'est pas possible. Quelque chose au contraire, dedans, murmure : « Je le savais. Dès que j'ai vu ses yeux, son regard, cette clarté grise à la fois douce et sauvage, j'ai su, j'ai été sûr qu'il allait partir. Mais où ? Quand ? Comment ? Mais qu'est-ce donc, il n'y a pas huit jours de cela, qui a produit le dernier ébranlement ? J'aurais pu mieux lire les signes. Mon Dieu, miséricorde sur les enfants dispersés… » La suite est lapidaire, et le trouve ressaisi : « Arrive premier bateau. Beato. »

Il reste à Liszt une nuit pour se préparer à tout ; à cette arrivée d'abord, et aux émotions qui vont déborder du cœur et faire que la tête ne soit plus à sa place de tête. Sa nuit sera sans sommeil, mais pas pour cause d'angoisses dans son petit lit de fer :

à genoux dans la chapelle, si Dieu lui donne la force de tenir ainsi toute la nuit. Pour les mille émotions qui se pressent dans son cœur, pour sa raison qui voit tout en désordre, ce sera le bain glacé, salutaire, qui remet les choses à leur place. « Et miséricorde pour moi aussi, mon Dieu. Vous me donnez charge d'âme. » Il passera donc la nuit, éreinté à l'aube, à genoux sur des dalles glacées, dont l'humidité lui monte jusqu'à lui broyer la poitrine. Tant et tant d'heures il ne pensera à rien, ne fera pas son propre examen de conscience, n'essayera pas de voir clair dans les cœurs et les esprits de ces deux garçons à lui confiés. Il n'essaye pas de comprendre. Il fait ce dont lui seul est capable à plein, et pas les frères ou parents ou amants. Il accepte. Long *fiat* silencieux, qui n'est pas résignation devant une volonté toute-puissante qui s'accomplit, comme il est expressément demandé dans tout le Notre-Père. Mais adhésion passionnée, presque amoureuse, étreinte morale qui, miracle, porte en germe l'enfant Espérance.

Liszt est au port à 9 heures du matin, soigné, rasé, la soutane déplissée, comme s'il allait à la rencontre d'un souverain. Amédée va déranger ce bel ordre et faire plier cette stature fière par la façon éplorée, à bout de forces, qu'il a de se jeter dans la poitrine du père, comme rendu enfin au port, à destination après une attente avide qui lui a dévoré son reste de ressources, tous ses nerfs.

— Beato, voyons ! Beato ! murmure Liszt, les lèvres d'abord puis toute sa tête enfouie dans les cheveux blonds qui d'un coup se mêlent aux siens, qui sont blancs. Beato, reprends-toi, mon enfant. Nous n'arriverons à rien si nous restons comme ça sur ce quai, à nous fondre l'un à l'autre. Un peu de ressort, s'il te plaît. Je vais te donner des tartines et du café chaud. Mais d'abord nous allons nous agenouiller un instant à l'église, que ce retour soit béni.

« Je te préviens : j'aurai probablement bien besoin de ton bras pour me relever. »

20

Exégèse sous une tonnelle

— Pourquoi l'a-t-il fait, comment est-ce possible ? redemande à voix haute Amédée, son café bu, comme si encore une fois il n'interrogeait que lui-même. Ils se sont assis à la petite terrasse derrière l'ermitage. Une tonnelle les abrite d'un soleil déjà assez vif.

— Cesse de te parler, l'interrompt sans plus de ménagements l'hôte, dont le front, les yeux, la profondeur de parole ont revêtu toute leur gravité. Laisse-moi d'abord, moi, te dire quelque chose. Je le savais. J'ai vu la chose se préparer, se faire presque, sous mes yeux. J'ai vu Godeffroi tirer sur la corde et c'est miracle que la corde ait molli. En ma présence, elle ne pouvait pas rompre. Ou plutôt, lui ne pouvait pas. Se rompre, tomber sur ses genoux. Question de respect humain. Vous pouvez vivre les uns contre les autres, serrés et seuls dans l'immensité du monde, ta chère famille et toi, mais vous ne voyez pas ce qui arrive sous vos yeux. Je l'ai vu du premier regard, moi. Il est vrai que Friedele m'avait prévenu. Cela débordait de vous deux, avec vos lumières si différentes, tes yeux à toi noirs d'encre, et les siens avec cette douceur grise, rebelle, apprivoisée pourtant. Car tu l'as apprivoisé, ton sauvage de frère, ton solitaire. Tu l'admires, à la passion, et cela déborde de toi, se voit sans cesse, dans des gestes, des brusqueries. Tu l'admires, Beato, que c'en est une joie sur le monde. Et il fait tout, il force sur lui-même, veut te suivre là où toi tu cours, comme s'il avait à te mériter. Car lui, ton grand frère, l'idole de tes petites années, oui, lui... Il t'aime.

Liszt pousse un soupir, des larmes emplissent les yeux qui ont l'épaisseur impénétrable de l'encre, il lance un bras en travers de la table et saisit, comme le ferait une serre, la petite main amollie qui à cette prise terrible se raidit.

— Tu as tous les dons, Beato, et tu le sais. On te le dit assez. Ce que tu connais moins, c'est ton charme. Il t'est naturel et parce que personne ne te met en garde tu le dispenses dans des sourires. Tu plais, et ça te fait plaisir de plaire. Ah ! tu aimes qu'on t'aime. Tout t'est si facile, si léger. Insensiblement, ces deux ou trois dernières années en tout cas, Godeffroi sans s'en rendre compte s'est laissé fasciner par le petit frère, il s'y est jeté à corps perdu, comme appelé. Je ne t'ai pas dit, et lui sûrement ne te l'a jamais dit, à quel point une voix, un timbre le fascinent. Il y entend un appel. Il m'a raconté sur les sirènes, les poissons-humains, leur cri glaçant et irrésistible des fables. Il est allé les chercher je ne sais pas où, un peu chez Homère, beaucoup dans le Nord, chez les loups-cerviers et les nixes, des choses auxquelles il croyait dur comme fer, et qui m'ont fait peur. Fait peur, tu m'entends. Comme s'il allait s'y jeter, pour se sauver d'un appel plus tentant, plu insidieux, plus terrible. Toi. Tu ne t'entends pas quand tu lances le chant de ta flûte de derrière un tertre, pour être sûr que la surprise ajoutera au charme. Oui, Friedele m'a raconté. Et comment il en avait été à l'instant même ensorcelé. Tu fais cela en toute innocence et, en vérité, pour faire fête aux autres, leur faire plaisir. Tu es chaste et n'es pas troublé toi-même. Mais il n'y a pas d'oreilles chastes, pas d'yeux chastes. Ils sont, les yeux surtout, si capables, si avides de spiritualité, qu'ils écoutent, ils regardent, sans sentir dans ce qui leur répond, un regard, une inflexion de la voix, l'appel subtil qui est celui de la chair. Godeffroi t'a aimé avec sa chair et pour ta chair. Comme nous faisons tous, comme tu feras un jour avec tes yeux ouverts. Tout cela, chez lui, sublimé dans une radieuse spiritualité, qui est celle des saints.

Amédée, interdit, un peu ébloui aussi, et ne pleurant certes plus du tout, entend son hôte poursuivre :

— Tu ne l'as pas vu quand tu essayais et répétais déjà ta phrase des *Adieux*. Il dévorait des yeux tes doigts sur les touches, et des oreilles le son, la demi-mélodie qui s'esquisse, et dont on attend qu'elle finisse, qu'elle comble. Il aurait voulu être – oh ! non, pas ces doigts : même recevant du même coup la musique comme révélation, il n'y a pas eu, de lui à toi, la moindre jalousie, pas même une envie. Plutôt : il aurait voulu être ces touches, que toi, tes doigts puissent sortir de toi cela – cela, qu'en amour on oserait appeler extase. Que ton extase devienne la sienne. Ou bien c'est là la chose la plus sacrée et sainte au monde, ou bien c'est la plus mensongère – mais fatale dans un cas comme l'autre. Il a senti la montée en lui, doucement, la montée de cet incendie. Trop bien élevé, trop naturellement tenu pour se jeter sur toi et te dévorer, il a pris sur lui. Ne bronchant pas, confondu à la portière de velours. Tressaillant seulement. Je l'ai vu. Je le regardais, lui, bien autrement que je ne regardais tes doigts, qui vont tout seuls. Je vais te dire cette chose magnifique. Il a eu peur que l'incendie au-dedans de lui, s'il se manifestait davantage, ne te brûle, toi. Ne te fasse un mal irréparable. Inguérissable. Il est parti pour te laisser indemne. Et tu m'as dit, sans bien les comprendre, les rites qui ont précédé. La noyade leurre. Ce faux départ, qui cache le vrai à venir. Ne pleure plus jamais pour ce qui s'est passé, Beato. Il l'expie. Remercie-le en souriant. C'est là, dans ce sourire, que tu vas le retrouver, le retrouves déjà. Lève ces yeux d'encre vers moi maintenant. Que je voie si la pastille de feu, au centre, est revenue. Alors, sous le plein soleil nous irons marcher, un peu. Au retour nous aurons faim. J'ai envie de côtelettes.

Après les côtelettes, Liszt n'en a pas fini. Il grille un cigarillo, s'assoit confortablement et réclame les *Préludes* et *Fugues* de Bach qu'Amédée préfère, et hoche la tête de satisfaction devant son choix d'abord, puis la façon calme, purifiée de toute émotion, dont il les joue.

— Tu auras remarqué que je ne t'ai pas demandé Beethoven. Je bats ma coulpe. *Les Adieux* n'étaient pas un bon choix. Trop de prémonitions, qui sont aussi des suggestions. Le titre du mouvement que tu as travaillé, *Abwesenheit*, « L'Absence », a quelque chose d'un pressentiment. Appel encore, et la corde tire. Mais puisque c'est fait, il faut en tirer la leçon. Absence ? Présence ? Mais de qui à quoi, ou à qui ? Si nous croyons que l'âme existe – qui certainement n'est pas là –, au sens où le corps, lui, peut être là, toutes les données en sont bouleversées. Il n'est pas essentiel que ton frère soit là, à tes côtés, comme cette chaise et mon cigare sont là. La présence de l'absent – c'est un très merveilleux mystère, qui contrebalance un peu l'autre leurre, qui est énigme seulement : l'absence du présent. Godeffroi est là (il touche son cœur) et même si tu le voulais, tu ne pourrais plus le chasser. Il te manque ? Non. Il est ailleurs qu'ici, comme l'âme. Nous disons cela très mal, en parlant de manque. « Il me manque », disons-nous, et hop : on fait de lui le sujet du verbe actif, comme si c'était son initiative et son acte à lui, sa faute à lui. Les Anglais disent plus correctement : *I miss him*. C'est moi qui manque. Qui le manque. C'est ma faute à moi, qui n'ai pas su regarder, toucher, tenir. De toute façon je crois que ton cœur ne sera plus tellement à ta musique, ces temps prochains. Alors continue seulement Bach ; comme le matin tu te laverais de tes rêves suspects.

21

Les insulaires

LISZT jouera ensuite ses propres variations sur le *Crucifixus* de la *Messe en* si, devant Amédée abasourdi qu'un piano puisse tirer de Bach de tels orages, et ces réconciliations quasi silencieuses.

— Tu vas rentrer chez toi, apporter un peu de ta force et de ta paix d'âme nouvelles aux tiens, qui en ont bien besoin, toi dont l'absence ajoute encore à l'absence. Attends les signes, et observe-les. Ils viendront, ne te disant pas où ton frère est « présent », mais comment tu dois chercher qu'il le soit. Courage, mon enfant aimé. Tu en as fini de chercher des cachettes où il pourrait être resté. Mais interroge sa chambre. Elle te dira peut-être quelques-uns de ses secrets.

— Je ne suis jamais allé dans sa chambre, dit en rougissant Amédée, comme s'il avouait une faute. C'était défendu. C'est lui qui venait dans la mienne.

— Ah ah. Alors, d'autant plus, cherche !

Sitôt de retour, Amédée montera à la chambre interdite, assez à l'écart en haut d'une tourelle. Elle est dans un ordre méticuleux, surtout si Amédée pense à son propre désordre et aux « Tu es désordre » que lui lance Philomène exaspérée chaque fois qu'elle entre chez lui. C'est net, rangé comme selon une géométrie vide de sens, ou une ascèse. Des fanions aux murs, qui restent nus. Un sublime crucifix, hérité d'une des vieilles tantes des étages. Le télescope monté, et en état de marche, pointé sur les étoiles. Un secrétaire d'acajou, précieux, avec des tiroirs, mais pas de secrets. L'insignifiance même. Dans un tiroir par ailleurs vide, une lettre dans son enveloppe, soigneusement rangée. Elle est de Félicité, la très jeune cousine de Rhodes, l'âge d'Amédée, à qui Godeffroi est fiancé, en somme, depuis qu'elle est née. Lors du dernier Noël il a reçu ces quelques vœux, eux-mêmes insignifiants, qui ont l'air de répondre à une missive de lui. Jamais Godeffroi n'a parlé d'elle. Ils se marieraient un jour, comme se marient les aînés des Scazzèthes. Une petite photo cartonnée est glissée dedans. « À mon cousin Godeffroi, sa cousine Félicité. 12/1880. » Visage pur, beau, sans sourire, comme marqué par la mort. Il revient à Amédée qu'elle est née après trois ou quatre autres enfants qui n'ont pas vécu, et que sa mère est morte en la mettant au monde. D'où ce voile, comme de mélancolie. « Et on l'a appelée Félicité ! », se dit Amédée, d'abord indigné. Mais il se souvient du mot de Liszt, et qu'il y a une foi qui est mère d'Espérance. Il range la lettre et redescend. Ce n'est pas ici qu'il trouvera comme une suggestion, un signe de piste. Ou bien le sourire un peu éteint de Félicité, qui porte un nom si rayonnant ?

Philomène Dieu merci est la santé en personne, la santé faite fille. Elle a tant de rectitude en elle-même qu'elle la communique aux autres. Même si elle les sait factices, elle commence par écouter les chagrins, les consoler. Après quoi elle redresse. Elle a eu tellement à faire tout de suite avec Hector et Virginie, différemment, mais mortellement atteints l'un comme l'autre : elle est heureuse d'entendre Amédée de retour lui dire les choses qu'elle aime entendre : que Godeffroi reviendra. Qu'il est là, invisible et les aimant. Il ne faut pas lui manquer.

— Nous allons tâcher de vivre de foi. La foi, ajoute-t-il, porte en soi, en germe, l'Espérance.

C'est là probablement se mettre plus près de Dieu que quand on imagine un ciel avec des cierges et des auréoles, et l'autre monde des Bienheureux.

Amédée pour sa part s'est fait un programme. Ils ont eu, ces deux dernières années, un précepteur, Godeffroi et lui, un séminariste arménien catholique attaché à l'église et à l'école d'Orplèthes. Il leur faisait, un peu à sa fantaisie, de l'histoire et de l'algèbre, des schémas de machines et des mythologies. Pas question qu'il vienne pour Amédée seul. Tout le charme, l'aisance du travail à trois se perdrait dans un tête à tête forcément gourmé, obligé de se prendre au sérieux. Il descendra donc à l'école, parmi ceux des enfants d'Orplèthes qui la fréquentent. Il obtiendra du frère Hagop qu'il lui apprenne le grec, qu'il parle comme il parle le français et l'italien, mais qu'il veut lire, en classique : Homère, Eschyle, plus tard Platon. La musique, il la poursuivra telle que convenu, sèche, quotidienne, s'en tenant à Bach, mais en comprenant Bach comme tout autre chose qu'une régularité, une mécanique, et même un ordre : mais comme une charité, pur don qu'il faut repasser et interroger jusqu'à ce qu'il dise en clair ce que pour l'instant (un long instant) il ne montre que sous forme d'ordre – pour ne pas dire des ordres.

Mais il y a un exercice nouveau qu'Amédée s'imposera avec un enthousiasme d'une autre sorte. Il veut être fort ou, pour le dire de façon moins morale et plus populaire, plus palpable, costaud. Le jour où un signe viendra, il lui faudra partir, avec des souliers et un bâton, comme dans un *lied* de Schubert : et marcher, marcher, grimper, peiner, attendre. L'endurance. Mais une endurance radieuse, qui certes est effort, mais aussi acceptation absolue, par le corps, des requêtes de l'âme. De toute son âme, et de tout son corps, marchant pour le même motif, escaladant s'il le faut le Taygète. Sachant respirer à fond, et comprendre que *pneuma* est le même mot pour dire le souffle, et l'esprit, et l'âme. Ainsi ne faire qu'un avec soi-même, pour se donner entier à ce qu'on va faire. Les lieux où Godeffroi allait courir et se dépenser le verront courir, sauter, se suspendre, grimper comme s'il était un sauvageon qui à chaque goulée d'air se sent mieux exister, se nourrit. Avec ce développement du torse, des jambes, la stature en général bientôt sera méconnaissable ; et personne, voyant apparaître Amédée de derrière une murette, ne le prendra plus pour Chérubin. Les filles en ville, en revanche, celles qui ne vont pas à l'école, mais paressent tout le long du chemin, regarderont d'un tout autre œil le petit monsieur Scazzèthes, qui de « le petit » devient « le grand ». Et certes Amédée confus détourne comme il peut les yeux : dans ces regards qui sont comme des mains qui le touchent, il comprend ce qu'est la chair. Mais Hagop aussitôt le remettra là où il peut se sentir chez soi : la culture, la réflexion. Le spirituel.

Ainsi se passeront des mois, dix, vingt, pourquoi pas cent ? Amédée ne compte pas. Il prend le temps en patience, et l'emplit du mieux qu'il peut. Il est sain, propre, et il a faim et soif de ce qui se mange et se boit sous des espèces naturelles, palpables. Et Philomène enchantée n'a garde d'oublier que désormais il est insatiable, sans avoir cessé d'être d'abord gourmand. À table, cette preuve de vie fait du bien aux autres, leur rouvre l'appétit. Il le sait, et tâche donc de ne manquer aucun repas à la table familiale. Ainsi, même Hector mange un peu, et semble goûter ce qu'il mange. Plus d'une fois, Amédée ramènera de l'école Hagop – mais jamais un condisciple de son âge. Et Hagop les charme, semble tous les éveiller. Sorte d'ange lui-même, à eux venu, après François-Frédéric et Liszt ? Guérisseur ? Éveilleur ? Envoyé ?

22

Hagop

HAGOP est grand, beau, l'air toujours un peu soucieux même derrière le sourire de ses yeux gris, doux, attentionnés. Jamais il n'évoque les siens – et avant. Avant quoi ? Oh ! La très ancienne et très ordinaire histoire. La proscription, la déportation, puis les Turcs venant retrouver les proscrits jusqu'au fin fond de la Morée, comme par regret de ne pas les avoir d'emblée passés au fil de l'épée. Quelques-uns ont été sauvés, par une flotte envoyée exprès par Venise, pour une fois arrachée à son indolence égoïste. Ils sont parqués, une nouvelle fois, mais chez eux, à l'abri à Saint-Lazare. « Tu te rends compte, Amédée ? Ils sont chez eux, avec leur monastère et leurs légumes et leur poisson à eux, sans craindre pour leur vie. J'y ai passé huit jours, j'aurais voulu ne jamais repartir. Mais il faut servir ; donc me voici. Mais toi, un jour, il faudra que tu connaisses ce havre. »

Lui-même a fait de fortes études, d'abord venu des plateaux d'Arménie, enfant de lumière que ses compatriotes se sont cotisés pour envoyer à

Constantinople (par religion, jamais il n'aurait prononcé le nom à ses yeux dégradé, paganisé, mais officiel et même réglementaire, de Stanbouł.) Il a pu le moment venu s'échapper vers la Morée, avec un saint aîné qui a continué à l'instruire, puis a pris le bateau de Venise avec quelques rescapés. Lui-même s'était en quelques mois trop attaché à la pensée grecque, à la spiritualité grecque, à la beauté si souvent désolée du Péloponnèse. Il n'était pas si loin. Orplèthes, à mi-distance, avec son séminaire et son école, lui convenait parfaitement. Encore n'imaginait-il pas l'aubaine qui l'attendait, les deux garçons Scazzèthes ; les façonner et les orienter, à leur âge si ouvert et si périlleux : et eux si pathétiquement (sans qu'ils le ressentent ainsi) ignorants du monde et de la vie – il allait jusqu'à se dire : absents à la vie. Mais si frémissants de visions, spontanées ou héritées, et si enthousiastes et entiers dans l'hospitalité qui leur est à tous seconde nature. Hagop est musicien d'enfance. Son violoncelle est à peu près tout ce qu'il a pu sauver des Turcs. Mais sa vraie musique à lui, c'est sa mémoire ; celle des chants rauques et doux à la fois, pieux, des premières communautés qu'il a connues, qu'il ne reverra plus (qui peut-être bien ont été anéanties), mais dont la mémoire reste en lui, vivante, vibrante ; et peut-être plus encore le vent, le vent de ces hautaines solitudes, dont le grondement ne le quittera jamais et qui est pour lui plus que les orgues, plus que le Bach d'Amédée, plus qu'aucune musique. Lui-même de son violoncelle ne joue plus jamais, malgré les demandes pressantes d'Amédée qui voudrait tant qu'ils jouent ensemble. Parfois pourtant, seul dans sa cellule, il effleure une corde ou l'autre et s'émerveille de la vibration qui aussitôt l'envahit, qui n'est pas miracle d'un geste et d'un instant, mais éternité. L'éternité ici-bas, retrouvée.

Amédée dans son désarroi n'aurait pu espérer meilleur mentor – un frère aîné un peu plus aîné que l'autre qui a disparu, qui sait son chagrin et le mal qu'il se donne pour l'avaler tout seul, et le changer en cette étrange sorte de paix vibrante que l'attente impose à l'inquiétude. Et il est vrai que cette musique-là, s'il la perçoit, vaut n'importe quoi qu'on puisse tirer d'un piano. Mais jamais Amédée n'oublie l'ordre, et il joue son Bach. Entièrement à lui, sans y prendre (ni y chercher) le moindre plaisir, la moindre satisfaction ni morale ni moins encore esthétique, comme s'il était aux *Exercices* d'Ignace de Loyola.

Ainsi Hagop ouvrait des horizons, et Amédée se faisait à lui-même son cloître. Il attend un signe, heureux de voir ses parents moins choqués et brisés que d'abord il les a vus. Hector déplie de nouveau ses cartes, affectionnant de se mettre ensuite dans une embrasure, regardant du côté de la mer et ne regardant rien, mais calme, serein. Et Virginie brode, comme si elle voulait en revêtir les pieds du Seigneur, d'infinies lingeries immaculées. C'est prier et offrir. Ainsi, modestement, mais têtue, l'Espérance persévère.

23

Le signe

« Tu pourrais aussi bien demander à la Voie lactée de te dire où il est. Épargne-toi l'enfantillage. C'est le signe de lui-même qui viendra, s'il doit venir. » Aussi pas une fois Amédée n'a mis son œil au télescope de Godeffroi. Mais tout ce temps la gigantesque machine à renseignements, tout le réseau Scazzèthes a jeté ses filets. Le moindre indice apparaissant serait aussitôt signalé. Le télégraphe est fait pour ça et, lapidaire, il exclut commentaires et interprétations. Il y a eu des messages, certes : on a signalé la présence dans le Taygète d'un vagabond avec un capuchon. Mieux, aussi loin que Nauplie, la disparition d'une jeune fille enlevée par un jeune inconnu. Au destinataire de faire le tri. Mais toute piste signalée aura été suivie, et aussi loin qu'il faut. Amédée reste à l'affût sans le montrer, le cœur lui battant soudain, il ne sait pourquoi, plus fort qu'il ne devrait. Enfin une dépêche vient. « Barque vide anse déserte ouest Saint-Hélie. Instructions ? »

Tout ce temps et chaque jour de ce temps, Amédée a tenu prêts de forts souliers, un petit sac de voyage et son bâton. Le soir même un bateau le porte vers Navarin et là il soudoiera un matelot, ou trouvera un équipage, par terre ou par mer. Ce sera par mer. S'embarquant, il regarde non pas le ciel au-dessus, mais à ses pieds le vert profond de la mer, prend une goulée profonde de l'air du port, murmure « à Dieu vat », se signe. Il est parti. Il n'aura pas un regard esthète pour la rade mythique. Lui revient tout juste l'idée que c'est ici, par cette rade, que les grands voyageurs du début du siècle entraient en Grèce, des philhellènes anonymes venus combattre, pas des flâneurs s'offrant des sensations. Amédée n'est ni Nerval ni Edgar Quinet, il se dit qu'il n'est là, lui, ni pour libérer un sol ni pour mettre au jour des marbres et des tessons. Il est sur la trace d'un vivant, d'un évadé, qui a réussi son évasion, mais qu'il ne peut s'imaginer autrement qu'inimaginablement malheureux.

Il a bien fait de choisir la voie de mer. Dans une berline cahotante, il serait silencieux et seul, même précédé de deux postillons ; ici, sur le pont, on cause. Pas avec d'autres voyageurs, il n'y en a pas, Amédée a frété le bateau pour qu'il le suive, aille éventuellement plus loin, à ses ordres. Le second du bord (ils sont quatre en tout, en comptant Amédée) est un costaud, et un pratique aussi. C'est lui qui a fait mijoter à l'intention du voyageur un plat de tripes dont la vue pourrait donner à Amédée la nausée. Il n'est pas habitué à ces préparations pour pauvres. Mais l'appétit de l'autre, dévorant mais d'abord gourmand, l'entraîne vite, pour ne rien dire des parfums d'oignons, de tomate, d'origan, qui mettent l'eau à la bouche.

Entre deux bouchées, on cause. Le matelot voudrait bien en savoir plus, et du précis, sur l'aventure où le voici embarqué sans rien savoir. Amédée n'est pas fâché de raconter, mais linéairement, comme si c'était un projet clair suivi d'une exécution nette, et il sera charmé de la simplicité qu'il sait y mettre, gommant le mystère des sentiments affleurants, qui sont sans doute toute la clé de ce départ, mais qu'il vaut mieux ne pas entreprendre de résumer pour un interlocuteur qui ne demande que du concret.

Du concret, en effet. Amédée aura la stupéfaction d'entendre Sotiri (prénom grec qui se traduirait par « sauveur ») poser les toutes premières questions, celles qu'un vrai enquêteur, ou même un boy-scout jouant au jeu de Kim, poserait d'abord, rien que pour donner des jalons et des limites à l'imagination. Est-ce que Godeffroi a emporté de l'argent ? S'est-il muni de provisions, d'eau à boire, sa traversée, où qu'il se propose d'aller, ne pouvant en aucun cas durer moins de trois, quatre jours ? Avait-il une voile, ou seulement ses rames ? Dans son bagage, a-t-il mis un chandail ou, mieux, l'indispensable ciré un peu lourd, assez épais et certes encombrant, mais qui est le tout premier rempart contre l'orage en mer ? Ah – et outre de l'argent, avait-il des papiers ? Il est facile d'Orplèthes de gagner Patras, de franchir l'isthme de Corinthe par eau ou par terre, on est au Pirée tout de suite et au-delà, si on veut, en Amérique !

Tous ces détails, qui d'emblée lui sautent aux yeux, ni Amédée ni ceux d'Orplèthes n'y ont pensé. Ils ont accepté l'absence de Godeffroi, la disparition de son bateau comme un escamotage, un tour de magie, qui s'escamotera soi-même de façon aussi inattendue qu'il est survenu. Papiers ? Argent ? Donc préméditation et pas humeur brusque ? Godeffroi avait sa tirelire et certes ne l'a ouverte pour personne, surtout Philomène, curieuse de savoir où passaient ces livres or, anglaises ou ottomanes, qu'on lui donnait pour tel anniversaire, ou tel exploit, ou pour le plaisir simple de donner. Des papiers ? À son âge ? D'ailleurs, le nom des Scazzèthes est un passeport suffisant dans toute la Méditerranée orientale. Mais pour l'Amérique ? Dans quel affolement d'âme ils ont dû tous se trouver pour ne même pas se demander si sa barque pouvait traverser une nuit de vent, et si lui n'allait pas sécher vif, mourir de soif, entouré d'eau verte sous le soleil du bon Dieu.

24

L'oncle Cyprien

— Ce n'était rien, un leurre. Un gamin d'ici qui a laissé filer sa barque et il a eu vite fait de la réclamer. Je t'aurais télégraphié de ne pas te déranger – mais j'étais trop content de te voir enfin arriver, toi aussi.

L'Oncle Cyprien, veines du cou saillantes, moustache en croc et batailleuse, un canotier sur la tête, serre Amédée dans ses bras à l'étouffer. Il est consul à Kalamata depuis bien trente ans. Il sait par cœur tous les chemins du mont Saint-Hélie jusqu'au cœur du Taygète ou, plus au nord, l'Arcadie ; et rien ne se passe sur son territoire (toute la moitié ouest du Péloponnèse, en fait) sans qu'il en ait vent à l'instant. Mais ce qu'il voit à travers les dix, les vingt châteaux francs en ruine qui se cachent dans les broussailles, et qu'il n'a plus la chimère de relever, c'est le royaume d'Arcadie tel qu'ont cru pouvoir l'établir ces chimériques entre tous, croisés flamands qui ne sont jamais retournés au pays. « Ils étaient venus délivrer le berceau du petit Jésus » avait dit Cyprien à Godeffroi venu seul, à son invitation (vieil ours !), avec l'idée de faire un peu son éducation.

Et Godeffroi enthousiasmé en avait rapporté mille récits, mais des bribes seulement. « Ils sont arrivés de leurs Flandres en passant par l'Albanie, ils portaient, eux et leurs villes, des noms bien de chez eux, Clarence, Saint-Omer… Par quelle bien suspecte conversion cela s'est-il tourné en Clementzi, Clari, Santamaria ? La beauté, la fierté du pays les ont retenus à vie, eux, leurs enfants et les enfants de leurs enfants. Et déjà leurs fiers châteaux n'étaient plus que pierres en poussière entre des taillis. C'est de là que tu viens, mon garçon, ce n'est pas là le pays de tes rêves, ton horizon chimérique. C'est ton pays natal, c'est là que tu as tes racines. Crois-tu que ce soit un hasard si tu t'appelles Godeffroi ?, avait-il ajouté à l'intention de l'enfant de 10 ans qui le dévorait des yeux. D'où vient que tu t'appelles Godeffroi, ce qui est aussi peu d'Adriatique que possible ? Elle a dû en te nourrissant t'inscrire dans leur lignée, ta rêveuse de mère. En tout cas, tu es d'où tu ne crois pas, d'où tu ne sais pas être. De chez Villehardouin et Bouillon, ces premiers Godeffroi. Du Nord. De ces grisailles où ils ont oublié leurs femmes, les barons blonds, pour faire souche en Morée. »

L'oncle ne s'en était pas tenu à ces fables. Il avait conduit Godeffroi, à pied ou à dos de mulet, dans les coins les plus mystérieux, les inaccessibilités du Taygète (« Tu penses ! Même les Turcs, coutelas à la main pour tuer tout ce qui est blond, n'ont pas pu s'ouvrir ces forteresses-là »). Il lui avait montré Mistra et ses splendeurs byzantines, mais n'avait fait que lui raconter le vallon des Apothètes, où les Spartiates jetaient leurs filles et leurs garçons mal venus pour que l'espèce reste vigoureuse et pure. Que de secousses, de chevauchements de styles et de siècles pour Godeffroi, sortant pour la première fois d'Orplèthes !

Amédée à son tour écarquille les yeux aux récits du merveilleux conteur qu'est Cyprien. Pourtant, il ne consentira pas à faire ce que son frère, enthousiaste, a accordé de si grand cœur au vieux grognon : courir les sentiers avec lui et s'enivrer d'histoires. La barque échouée ici n'est pas celle de Godeffroi, il n'a pas plus de raisons de battre les buissons que de fouiller les recoins de la Voie lactée avec un télescope. Cyprien sait pourtant comment le retenir deux jours :

— Vois une fois en tout cas le soleil se coucher sur le paysage qui a le plus exalté ton frère.

À cheval ils traverseront tout un paysage de criques et d'entassements rocheux jusqu'à ce qu'apparaisse, ses cimes semées de gelée blanche, le Saint-Hélie, site sublimement païen qu'il faudrait traduire par « Saint-Soleil ». Les croisés – plus d'un se prénommera Hélie – y célébreront leurs Pâques avec orgues et ors, sans se douter que des sacrifices y ont été offerts jadis au dieu Soleil. Ces chevauchements de cultes, cette immémorialité ! Et ce vrai, cet actuel soleil en même temps qui invente sur les parois face à Saint-Hélie ces mauves, ce sang aussi, mordoré, comme on ne les voit qu'ici.

— Ne t'en va pas encore, petit. Il y a tant à voir et revoir. Et sentir ! Ces parfums, le jasmin de Monenvoisie ! Mais je suis un vieux bavard.

Ils s'embrassent très fort, très émus. Que Cyprien aussi vienne les voir, sa chambre l'attend à la Passe-Dieu, à Noël, quand la Morée devient froide. Lui s'en va, maintenant. Il n'a pas achevé sa quête. Et il va reprendre ses exercices.

25

Voyages d'hiver

DEPUIS un temps déjà, depuis le départ de Godeffroi (qu'en dedans de lui-même il n'appelle plus que « la fuite »), sans en porter le titre, Amédée en ressent le poids. Il est, de fait, chef de famille – de quoi il lui arrive d'être fier : Philomène ne lui en aurait jamais abandonné la charge si elle ne l'avait pas cru, et su, digne. Les quelques semaines après « la fuite », Hector n'a plus rien fait qu'effacer encore un peu plus son propre effacement. Né pour être le premier, venu après tant de sœurs, jumeau de la toute dernière, Philomène, il a laissé à celle-ci la Passe-Dieu à tenir en ordre, et même le domaine : content, lui, pour elle, qu'elle trouve un moment de sa journée pour venir l'applaudir, son petit roi, quand sa petite voiture à chèvre le traîne dans les allées de sable soigneusement ratissé. Elle ne guérirait jamais son jumeau chéri de sa tristesse, celle de ne point aimer sa condition et d'être pourtant décidé à la porter dignement. Un premier choc a été le départ de Delia, l'aînée des sœurs, qui a eu presque dix ans pour l'attacher à elle passionnément, lui tenant lieu de « petite maman ». Mais ce choc s'est amorti dans les quelques exubérances et exaltations que, vers ses 20 ans, Hector, comme tout jeune homme, en toute légitimité, s'est permises. Elles ont culminé avec ces noces d'automne ensoleillé, avec groupes choraux et violons, banquet, feu d'artifice : il épousait sa lointaine et très fortunée cousine Virginie Armao, qui à Smyrne avait rang de princesse. Brève flambée, ne disons pas de passion, mais du moins d'un moment d'intérêt apporté à la vie, la même que tout le monde. De quoi Godeffroi a été la preuve, accueilli avec transports. Mais bientôt Hector retrouvera sa bizarrerie native, se reprochant d'avoir donné la vie, lui qui l'aime si peu, et de devoir transmettre à son héritier des charges dont lui-même ne veut pas. Il faudra bien de la patience et de la tendresse pour arracher à Hector ces moments de sursaut où il ne tourne pas le dos à la vie, et d'où viendront en quatre ans Géraldine, puis Amédée. Amédée a toujours connu son père détournant les yeux vers la fenêtre pour ne pas voir qu'on le regarde, qu'on s'inquiète, s'interroge. Il se plonge alors ostensiblement dans la contemplation de ses cartes du ciel, ajustant un escabeau et prenant à la main une loupe, à deux pas des autres qui sont à table, et fait comme s'il ne sentait pas leur silence gêné. Amédée a été bien surpris d'entendre Cyprien rapporter qu'Hector fut en son temps le plus ardent et infatigable partenaire de leurs chasses en Épire, infatigable dépeceur – et mangeur – de gibier. Philomène ne lui sert plus que des gratins légers de fines courgettes et des blancs-mangers. Il ne mangerait plus. Philomène le trouvera mort dans son lit un matin, la tête tournée vers là où, à midi, immobile dans son embrasure, il regardait. Ou bien, justement, ne regardait pas.

En tout cas, la décision est prise, et aussitôt, par Amédée, et Amédée seul. Il impose, il n'y a pas d'autre mot, à sa mère et sa sœur un voyage qui les fait quasiment bondir de joie, mais qu'elles n'auraient jamais osé demander en la circonstance : revoir la famille, ou de la famille, à Roustschouk, à Smyrne, à Rhodes – trois mois dans des pays où il fera meilleur qu'ici. Il embauchera en bas de l'île des corps de métier pour repeindre, consolider, alléger la Passe-Dieu, qui en a bien besoin. Les vieilles tantes iront un peu se changer les idées et se faire déranger les habitudes dans le couvent de Zanthe, où une parente est supérieure.

— J'irai aussi, quand tes premiers arrangements seront faits, lui dit Philomène. Je ne veux pas un voyage à Venise ou à Vienne. Quand je serai devenue bonne à rien, et vos enfants, à Géraldine et à toi, seront un peu dégrossis, je ne vais pas rester inutile à me faire porter des compotes à l'étage des vieilles, une de plus parmi les vieilles, à caqueter et médire. Merci bien. Ma récompense pour ce qui aura été une vie de très joyeux travail, mais très fatigant, mon petit.

« C'est la blancheur des cellules vides et la simplicité du souci, là-bas, à Zanthe. J'aimerais en connaître l'avant-goût. Peut-être détesterai-je ça ? En tout cas, je ramènerai moi-même Eudoxie et Tildette, trop contentes, elles, de réintégrer la Passe-Dieu et de retrouver mes petits plats.

Virginie et Géraldine, celle-ci maussade de quitter son violon qu'elle aurait voulu emporter, partiront donc pour ce qui sera périple vraiment, en diligence ou train, et surtout bateau, avec mission de revenir métamorphosées, couvertes des étoffes fleuries et de ces chapeaux légers comme on ne les fait que dans le Dodécanèse. Qu'elles quittent leurs gris et noirs et mauves de deuil. Qu'elles reviennent au plein du printemps. Amédée avec Philomène, puis seul, retroussera ses manches. Cela aussi lui changera les idées, à lui. À leur retour, la Passe-Dieu sera une maison jeune, et appelant la jeunesse.

26

Les grandes vacances

CES quelques semaines trouveront Amédée occupé à des travaux, des corvées même, qu'il accepte comme – comment dire ? un nettoyage de lui-même, une réparation non pas, mais des réparations à apporter à sa propre machine. Ce n'est pas tant la Passe-Dieu qui a besoin d'une remise au clair que lui-même. Sa dernière excursion, folle chimère, chez l'oncle au canotier et aux moustaches en croc qui l'a tout de suite pris en sa confiante affection, toutes ces vues qu'il lui a ouvertes, le Saint-Hélie avec des teintes comme il n'est permis ni aux hortensias ni aux oléandres d'en montrer – tout cela continue de le suffoquer. Il a trop vu et trop appris, trop vécu depuis deux ans, depuis l'arrivée chez eux, déboulant dans leur vie rangée, de François-Frédéric – et aussitôt chacun dans l'île, et lui sans doute le premier parce qu'il a cherché à l'être, a su que nous ne vivons que de l'appel puissant qui, le jour qu'il se choisit (car c'est comme Dieu : c'est Lui qui appelle et choisit et fait la première moitié du chemin), enlève et emporte les âmes.

Deux choses sont restées très à vif en lui. L'une est toute récente, c'est l'appel de la Grèce physique qu'il ne comprend qu'à moitié, cet inexplicable, si peu grec, vallon des Apothètes où échouent tous les laissés-pour-compte. Mais ces barons belges aussi, aux noms de là-haut, au nord, qui peut-être sont ses vrais aïeux, plantant ailleurs leurs trop anciennes racines. Et encore davantage l'Arcadie, où est né Éros. Seconde et plus profonde atteinte ; brûlure d'amour qui a failli les incendier, son frère et lui. Et Godeffroi – eh bien, Godeffroi a fait sa « fuite » pour les laisser indemnes l'un comme l'autre : et il attend, où qu'il soit aujourd'hui, réparation, expiation. Pas une inutile multiplication de la détresse, mais un plancher neuf, des fenêtres sans tous ces rideaux de velours qui cachent la vue et confinent l'air. Aussi, Philomène vite congédiée, Amédée se sent, enfin, un peu maître de son domaine, de sa mission aussi. Il va reprendre ses exercices – il a un petit piano droit dans une pièce étroite, comme Liszt, à l'abri des poussières et des bruits – et certes le travail où il est à la fois contremaître et patron, mais aussi ouvrier et suant aux mêmes labeurs que le plus simple manœuvre, ah ! oui, cela met de l'ordre dans le tumulte des pensées. Bach tôt le matin. Les suées ensuite. Cela rince. Et Amédée se couche rompu, ayant comme les autres pris sa part à midi d'un ragoût qu'un seul mijote et dont ils vont prendre tous part égale, si affamés que la question ne se pose pas de savoir si les morceaux qui baignent dans la sauce sont trop filandreux ou trop gras. Que la faim est simplificatrice ! Face à elle, on ne chichite plus. C'est un vrai bonheur d'être à ce point mis dans le rang, et épuisé. Double soulagement, purificateur. L'après-midi, il mouille sa chemise. Sa chemise, il se la lavera lui-même, à peine le travail fini et les autres repartis. Il se redonnera pour sa soirée et sa nuit la satisfaction du linge frais, repassé, qui sent la verveine. Elle séchera sous l'auvent au grand bon vent de Dieu, qui, même en hiver, rince et sèche. Mais il garde pour lui ses dimanches.

Pour lui et Hagop, alternativement au cloître ou à la Passe-Dieu, chacun à son tour en charge du frugal pique-nique. Et on parle, on parle. C'est un autre nettoyage. Cela se fait en marchant, les yeux attentifs au chemin, qui est accidenté. On va droit, ignorant ravins et taillis. On ne se regarde pas l'un l'autre. N'était le décor, on pourrait se croire dans la cour d'école où une rangée de séminaristes avance tandis que l'autre recule, et ils argumentent en théologiens. « *Nego totum – concedo consequentiam.* » Il faut faire comme si on n'était pas soi-même concerné, qu'il n'y ait pas là derrière un enjeu de larmes. Alors on peut se dire les vérités sans les noyer dans de l'émotionnel.

Hagop marche droit, habile à débroussailler devant lui à l'aide de son bâton. Amédée le suit en soufflant un peu, il n'a pas l'habitude d'un pareil train. Et il écoute, dents serrées : ce qui est un autre travail, une autre concentration que parler.

— C'est si vieux, ça a été toujours ainsi. Alors vous vous repliez d'un cran de plus. Repliés dans l'époque où Orplèthes barrage contre les Turcs avait un sens, où les Scazzèthes étaient quelque chose à Venise. Tout cela s'enfonce dans l'eau. Vous tournez le dos à la vie et vous dépérissez. Vous acceptez ce dépérissement, vous le fêtez entre vous, comme si c'était une fois de plus un privilège, une faveur d'En Haut. Est-il possible que Philomène, qui est le bon sens et l'énergie mêmes, et bonne avec cela, généreuse, ne se soit jamais rendu compte qu'elle condamnait à mort son bien-aimé jumeau en le baladant en voiture à chèvre devant les parents, les domestiques aussi, prosternés ? Elle l'a laissé s'effacer collé à des vitres sans rien regarder. Vous vous félicitez d'être ce que vous êtes : et vous êtes si vraiment bons qu'on aurait honte de vous dire du mal de vous-mêmes. Alors il faut vivre en vase clos, ne rien laisser entrer, ne rien laisser sortir, quitte à envoyer des sœurs ou des cousines voir ailleurs un peu plus de monde, sans sortir du cercle Scazzèthes. Cela pourrait durer cent ans de plus. Mais... Mais on a laissé entrer quelque chose. Il y a eu l'autre printemps la visite de Friedele, cette variété à part : à la fois un Scazzèthes et un total étranger, qui a reçu de sa mère, comme seul héritage Scazzèthes, une mélancolie que savent généralement éviter ceux qui se cantonnent ici. L'as-tu senti, que ton frère depuis des mois déjà piaffait, anxieux de partir, ne sachant comment le faire – et s'il l'avait fait alors, cela aurait été une très banale fugue, et un garçon se faisant ramener chez lui depuis l'autre côté du détroit ? Ce que Friedele portait avec lui était trop pour un Godeffroi déjà un peu déplanté.

Cette charge de sentiment, cet air de *sehnsucht* qu'il portait dans ses cheveux, ses joues creusées, son parfum même... Le prestige de ce qui aspire à mourir, et le fait dans l'odeur d'étranges fleurs respirées ailleurs. Il l'aurait supporté ? Avalé ? En plus, il a eu peur que le visiteur n'emporte avec lui une part de son frère, son bien-aimé, celui par qui son île lui restait vivable... Je ne peux pas te dire plus. Il aurait fallu qu'un moment Godeffroi te dise : « Mon frère chéri, ce n'est pas bien de jouer de la flûte derrière une butte pour intriguer les gens. » Et que tu répondes : « Ce n'est pas bien de t'échiner à ramer jusqu'à la dernière crique, pour épuiser ton désir de partir, ou plutôt le maquiller. Pars donc vraiment ! » Il aurait fait le tour de l'île et serait revenu. Oui, la correction fraternelle vous aurait fait du bien, à tous les deux. J'aurais aimé que, quand tu exagérais dans tes minauderies, il te donne carrément la fessée. On est plus réaliste après. Et puis, il y a eu cette musique qui est ton tissu même, que soudain tu as aspirée et ressentie différemment. Et lui par contrecoup, choc tout neuf, nouvel horizon chimérique, l'appel qui le trouvait sans défense. C'était trop, et c'était aussi te voir le quitter de tout autre façon. Rien de tout cela n'était préparé, ça s'est accumulé. Il est parti parce qu'il ne savait plus à quelle place se mettre là où il était. Aucun de vous n'est Abel ni Caïn.

— Je suis allé assez au-delà de ça, répond Amédée, le souffle mal assuré. Lui-même a sans doute oublié le chérubin, l'elfe qu'il se plaisait à montrer, pour plaire.

— Mon ami, mon frère est parti parce que nous n'avons même pas pensé à le retenir, nous le laissions s'étrangler dans son double nœud. C'est si simple, vu d'ici ! Désir de partir, de voguer, de ne pas savoir où l'on va. Et désir de rester, de planter, d'assumer cette ridicule petite couronne qui pèse tant à ceux qui doivent la porter. C'est cela qui le faisait inlassablement peser alternativement sur le rocher de l'île et sur le rebord de sa barque. Cet appel du large, de l'autre part, cela s'exorcise. Je suis l'aîné maintenant. La différence, c'est que j'accepte ma place les yeux ouverts, à travers ce qu'il a fallu de souffrance. Personne n'y est pour rien, mais je l'ai prise. Dieu sait que je ne suis pas Abel ayant poussé son frère à la trappe, envieux de son lopin à lui. Notre île va prendre un autre visage. On va lui tourner ses regards. Nous allons cesser d'être stériles, repliés. Nous allons produire. Est-ce que cela te va ? Tu vas aider ce nouvel Amédée qui tourne ses yeux vers l'avenir, vers le xxe siècle ?

— C'est toi qui m'aides, mon ami, sinon à mieux comprendre, du moins à mieux définir, mieux résumer. Je ne l'ai compris qu'ici, dans votre île, après tant d'arrachements déjà, de tribulations, et parce que je les avais endurés. Écoute-moi. Nous naissons tous plantés. Avec nos racines, autour de nous nos forêts, notre belle herbe d'été. Nous sommes ici, seulement ici, et ici aussi sont nos devoirs, nos attachements, notre avenir rêvé. Seulement, vois-tu, nous ne sommes pas d'ici. Nous ne sommes jamais d'un pays, et encore moins d'une île : une île simplifie trop les horizons. Le vrai Père, la patrie, le royaume, nous le croyons et nous le savons, sont ailleurs. À la fois en deçà et au-delà. Et l'essentielle aspiration, c'est ceci : rejoindre. Avant d'avoir identifié cela, notre désir aveugle essaye tout : une échelle pour monter, une barque pour se détacher, et chercher ailleurs, à l'aveuglette. Ainsi ton frère a rompu l'amarre. Et toi, l'aîné maintenant, tu vas tout projeter vers l'avant. Vers demain. La famille que tu vas fonder, les enfants que tu vas engendrer. Comment veux-tu qu'eux soient jamais d'ici ? Cette île est morte, elle ne vivait que de votre fidélité. Eh bien, tu vas oublier, je crois que tu as déjà oublié. Tu vas faire une île neuve, pour ceux à qui tu vas donner à la fois cette île et la vie. Alors, première obligation : aime-la de toute ton âme et de tout ton corps, cette vie que tu vas planter ici. Que tu vas donner.

« Mon Dieu ! Ici jusqu'à toi, on l'a semée, on l'a donnée dans la lassitude. Sois plus ardent que cela, petit Scazzèthes !

Ils ont assez dit. Maintenant ils s'étreignent, bien droits, et bien fort.

TROISIÈME PARTIE

Le retour

27

Ces dames

L'ABSENCE, c'est ce moment sans durée mesurable, moment d'effroi où le laissé seul se retourne sans fin sur le lit ardent et glacé du remords. « Pourquoi est-il parti ? Pourquoi a-t-il fait, m'a-t-il fait cela ? » Comme si à force de se retourner il trouvait une réponse, et que cette réponse venue si tard puisse faire que l'absent ne soit pas parti, et qu'on le retrouve présent, au présent. Amédée n'a pas de tourments. Mais il n'a pas de réponse non plus. Aucune qui soit satisfaisante pour l'intelligence. À la place, il a cette sobre volonté qu'il s'est donnée, de se mettre au présent ici. De faire peau neuve, que l'île entre dans le siècle prochain : et qu'à lui-même advienne ce qui plaira à Dieu. Son moindre geste, son moindre mouvement de l'âme est plein de cette piété neuve : non pas celle qui répète un rite et s'y exténue ; mais celle qui, à chaque soleil levant, salue une nouveauté, et voudrait n'avoir rien qui alourdisse la mémoire, pour pouvoir entrer dans demain les mains vides et le pied léger.

Alors les dames revinrent. Philomène d'abord, de son couvent rêvé, pour mieux faire fête aux autres.

Et trois jours plus tard Virginie et Géraldine, métamorphosées, à ne pas les reconnaître. Du bateau, ce qui débarqua, ce furent, flottant à la brise, des couleurs. Le plus lumineux, le plus osé qu'on ait su jusqu'ici à Virginie, c'est le gris tourterelle, dans son infinité de gradations, qui toutes éclairaient son charme. Géraldine, naturellement prude, et si passionnée dans sa musique, a dû réserver à son violon toute l'idée qu'elle se faisait de la couleur. Smyrne, puis Rhodes les ont changées. Elles ont adopté la nonchalance des belles dames de là-bas, qui ne se mettent jamais la peau au soleil et se revêtent de diaprures de soie, d'imprimés roses, mauves, mimosa. Des capelines par-dessus, et sur les capelines des fleurs encore, délicieuses fleurs artificielles nouées en bouquet. La gaieté même, et de l'insolence dans cette gaieté. Tout ce que l'île a vu débarquer ces dernières années en fait de femmes, ce sont les octogénaires de l'étage supérieur venant passer l'hiver. « À la place, se dit Amédée, voilà le printemps ! » On se fait fête, et les humeurs sont aussi roses que les tissus imprimés. Amédée est soulagé. Il a eu peur que, rentrant mélancoliques, sa mère et sa sœur ne le fassent douter de la validité de son plan de rajeunissement pour l'île. Au contraire. En vérité, une inattendue complicité les fait sourire comme des collégiennes après une escapade. Et elles ont faim ! Philomène, on s'en doute, leur a préparé une pleine table de délices.

Le meilleur, pourtant, ce seront les récits. Elles ont été partout, elles ont vu tout le monde, elles sont une joyeuse et attendrie chronique racontée de la Méditerranée orientale. Le plus étonnant est l'enthousiasme de Géraldine, précédemment si compassée, si neutre. Elle a cru découvrir le monde, elle qui n'avait jamais quitté l'île. Et elle raconte les gens, les caractères, elle les croque comme d'un coup de crayon et ils s'animent, ils sont là. Le voyage a commencé par ce qui est le plus au nord, Roustschouk, atteinte par voie de terre depuis Salonique. Là, au bord du Danube, « qui n'y est plus "beau bleu" du tout », commente Géraldine, toutes les filles Scazzeèthes ont connu leur temps de couvent, sous la tranquille mais sévère houlette de la mère Gemma, née Julie Scazzèthes, supérieure pour toute la province d'Orient des Dames de Sion. Il est visible que la noblesse triste des lieux, la couleur du fleuve, la poésie qui l'enveloppe ont touché Géraldine très au-delà du récit amusé et émaillé qu'elle en fait. Elle a du reste promis à sa vieille tante, qui est aussi sa marraine, de revenir la voir, vite. Dès l'été prochain peut-être. Par la mer Noire, on a gagné Stambouł ensuite, sans y faire escale. C'est à Smyrne qu'on aborderait cette vraie patrie des *Mille et Une Nuits*, l'Asie Mineure. Y a vu le jour Virginie, née Armao, une des grandes familles chrétiennes princières de l'Orient. Elle y a encore des amies d'enfance, des cousines et même une sœur, Émilienne :

— Un vrai débris, quoique glorieux ou faisant tout pour le paraître, commente Géraldine, rieuse. Elle a trois ans de moins que maman et a l'air d'être sa mère. C'est vrai qu'à Smyrne, les dames vivent sous des couches et des couches d'onguent, plus des voilettes. Avec le vent du golfe, salé, ça n'arrange pas les façades. Pas plus que celles du grand Quai, dit le Cordon, d'ailleurs.

La verve de Géraldine, son plaisir à parler, sa moquerie, tout étonne Amédée qui en sa sœur a toujours vu, ou cru voir, une silencieuse. Le récit par Virginie du pays natal aura une tout autre couleur. La vieille nostalgie, le désir de retour, les voilà satisfaits et oubliés. On a ranimé de vieilles émotions, qui de toute façon n'ont plus à vivre. Un charmant soupirant d'autrefois, mal marié, a cru s'en guérir en devenant sec :

— Et c'est plus triste que la tristesse recommente Virginie, qui revoit ses premiers bals.

Au-delà des quelques vivants (« ou survivants ») restent, intacts, inchangés, le pur paysage du golfe, l'odeur des figues mises à sécher à même le quai. Et ces parfums découverts ont littéralement enivré Géraldine, qu'on ne croyait pas si sensuellement réceptive. Philomène écarquille les yeux. On dirait qu'elle n'a encore jamais vu sa nièce.

Ensuite, les dames ont fait escale à Chypre, ciel calciné, ciel sans vent, suffocant. Mais le but vrai du voyage, de toute façon, c'est Rhodes – et c'est de là même que les dames arrivent, y ayant passé dix jours pleins. C'est là que vit l'oncle Athanase, plus fortuné qu'aucun Scazzèthes. Plus désespéré aussi, depuis qu'il est veuf d'une femme adorée, fragile, Irène, qui s'est évertuée, littéralement détruite, à lui donner des enfants qui ne vivaient pas. On les enterrait les uns après les autres, à côté les uns des autres, sous l'herbe luxuriante d'un tertre d'où l'on voit la côte d'Asie, plutôt fait pour les belles heures songeuses. Quatre enfants y étaient déjà enfouis quand enfin est née la seule qui allait vivre, Félicité. Mais c'est sa mère qui n'y survécut pas, tuée non par la mise au monde de l'enfant, mais par l'ignoble fièvre puerpérale. Jamais Athanase n'est sorti de son chagrin ni du jardin où il le confine, ayant à peine un regard de là-haut vers la côte en face, le Mausolée, Halicarnasse. Mais il sait ses devoirs. Chef des Scazzèthes de l'est, comme Hector l'était de ceux de l'ouest, il veille aux biens et aux personnes, hospitalier comme son cousin de l'Adriatique. Il a enterré ses enfants, mais loge dans des pavillons du parc d'augustes cousines veuves ou ruinées. Il soigne d'amour, comme il le ferait d'une fleur unique, Félicité, le lys de son jardin. La petite a grandi, sérieuse, réfléchie, presque sévère.

— Mais belle comme le jour, raconte Virginie, et si attendrissante ! Je ne pouvais m'empêcher de voir en elle celle que depuis sa naissance on destinait à Godeffroi…

Ses yeux alors se remplissent de larmes, sa voix tremble d'émotion, elle s'interrompt, regardant soudain très fixement Amédée. Celui-ci d'un coup revoit ce visage si pur et noble, mais si mystérieusement triste, qu'il a vu sur une photographie dans le tiroir de son frère en allé. Félicité, prénom pour invoquer le bonheur, pour l'appeler. Et le commencement du chemin n'aura été que larmes. Et la même émotion qui vient d'ôter la voix à sa mère fait qu'Amédée sent sous lui ses genoux qui un instant se dérobent. Géraldine d'ailleurs, ni sur l'oncle ni sur sa cousine, n'a rien ajouté de son cru qui donne à rire. Tout le récit de Rhodes la laissera songeuse.

Ne suivent d'ailleurs que les justes agapes, et des remarques sur les capelines et les mousselines que les voyageuses ont gardées en passant à table. Le lendemain, ce sont elles qui font le nouveau tour du propriétaire, découvrant les aménagements, simplifications et rajeunissements surtout, apportés à la Passe-Dieu en leur absence.

— Où as-tu été chercher ce goût, ce sens de l'harmonie et des formes, mon chéri ? demande Virginie. Je ne te savais pas si réel, si près des choses, si habile de tes mains. Toi aussi, en notre absence, il me semble que de l'intérieur tu as, sinon voyagé, du moins fait ta grande part du chemin.

— Des enfants courront un jour dans ce jardin, j'espère, maman. Il ne faut pas qu'ils se prennent les pieds dans de vieilles bordures de buis. Cette maison, désormais, n'est là que pour les attendre, les accueillir.

— Bien, bien, soupire Virginie.

Géraldine retrouvant son violon s'enferme, à en faire oublier qu'elle vient de tant parler…

28

Le voyage de Philomène

DEUX jours plus tard, au déjeuner, on a invité Hagop, un peu (idée de Virginie) pour lui donner des nouvelles de pays qu'il a connus, et où il a choisi de ne jamais retourner. Mais c'est Philomène, très décidée, qui prend les devants :

— Je t'ai préparé tout ce que tu aimes, mon cher, et tu auras ces fameuses aubergines « qui ont fait l'imam s'évanouir de bonheur », aubergines « pâmoison », comme on lit sur les menus des Messageries maritimes. Tu sais comme moi que c'est à peu près ce que la Turquie a donné de meilleur au monde. Alors, avant la « pâmoison », laisse-moi te dire, mon cher, que moi aussi j'ai été quelque temps quelque part, et que j'en reviens très changée. Je ne rapporte pas de mousselines ni de capelines, je n'ai pas vu de vieux parents décatis, mais j'ai trouvé, moi qui aime tant la Passe-Dieu, moi qui vous aime tous tellement, ce que je suis décidée à aimer le mieux, et pour toujours.

On entendrait voler une mouche, et certes il n'y a pas de cliquetis de fourchettes. Hagop a mis toute son âme dans ses yeux, qui sont devenus oreilles, et son silence, sa concentration obligent les autres à tout suspendre, à ne rien faire qu'écouter.

— Je ne suis allée que jusqu'à Zanthe, moi, ce qui pour vous autres voyageurs n'est même pas une escale. Je suis née ici, mais c'est là-bas que, si Dieu veut, je mourrai. Ce qui me retiendra ici quelque temps encore, j'espère, ce sont les enfants qu'Amédée aura, s'ils ont besoin de moi. Et je resterai avec autant de joie que j'en ai toujours eu à être la bienheureuse ménagère d'une maison qui, pour moi, toute ma vie, aura été tout ce que je veux savoir du monde. Mais moi aussi, voyez-vous, j'ai en moi ce goût de partir, d'avoir en face de moi et en avant de moi un autre horizon. À Zanthe, il y a ce petit couvent, vraie auberge du bon Dieu, pour accueillir, nourrir ceux qui n'ont rien au monde qui soit à eux, sauf cet horizon de ciel et de mer que tous partagent, même les plus défavorisés. Il est bâti sur une îlette qui se détache presque de Zanthe, en haut d'un escalier blanchi à la chaux, et sa terrasse est dans l'ombre des arbres du bon Dieu ; et des ifs de l'autre côté des embrasures font que, de certaines fenêtres, on ne voit pas la mer, mais la lumière seulement. On m'a permis de revêtir l'habit des moniales, de me coiffer de leur voile. Je n'ai rien eu d'autre à faire, ni de mes mains ni surtout de ma tête, que de m'asseoir sur la terrasse devant une table, toute seule, toute silencieuse et d'éplucher des pommes de terre et encore des pommes de terre. Pour les pauvres, oui. Et pour nous aussi. Et, mon Dieu, pas pour en faire de ces purées et de ces gratins que je fais pour vous, mais pour les laisser telles quelles, telles que le bon Dieu les a faites, cuites à l'eau, pour que les mangent ceux qui ont faim et vont à la matière, au corps même des choses. Oh ! oui, cette cuisine, cet arrangement où l'on me sait savante et que mes êtres chers me demandent ici, là-bas ce n'est plus rien. Tout mon savoir-faire, peut-être ce que j'ai de talent, ce n'est plus que cela : éplucher. Et me voilà allégée de mes pensées, de mon souci. Il y a dans l'Évangile un jeune homme riche, et l'on sait quel mal il aura à suivre le Seigneur, à se dépouiller de ce qu'il a, qui fait obstacle. Il n'y a pas de parabole de la jeune fille riche : seule Madeleine, qui est une pécheresse, une prostituée, a le privilège de donner tout ce qu'elle a, ce nard précieux, pour oindre les pieds du Maître. Il y a des repenties, comme on dit, parmi les moniales qui m'entouraient. Et j'étais, moi, ce cas que l'Évangile ne prévoit pas, la « vieille fille » riche. À la visite de l'évêque, mes sœurs m'ont permis, vêtue comme elles, de figurer au milieu d'elles, confondue à cet humble petit troupeau, dans la photographie autour de Monseigneur. Je vous ai rapporté tout mon cœur et mon amour, mes chéris…

Et à ce moment le regard de Philomène quitte le seul Hagop pour inonder de sa lumière tous ses « chéris »…

— … Et je vais continuer de vous faire les gratins que vous aimez. Mais ma décision est restée là-bas. Je désire un jour n'être plus que cela, une vieille fille qui épluche les pommes de terre et n'a plus rien d'autre à elle que ce ciel, et ces ifs dans la lumière, qui sont à tous, oui, à tous : mais les trop pauvres ne s'en réjouissent pas comme d'un trésor. Peut-être faut-il être né riche et vouloir l'oublier. J'ai toujours ma dot, la Passe-Dieu n'en aura pas besoin pour survivre, j'espère. Je l'apporterai là-bas, où je prendrai, si Dieu veut, mon habit pour toujours. Et maintenant, tous, je vous prie, au gratin d'aujourd'hui, et aux aubergines. Et pâmez-vous, s'il vous plaît. J'ai idée qu'ils sont bien réussis.

On n'a jamais entendu de Philomène pareille faconde. En vérité personne, pas même Amédée, ne l'en aurait crue capable. Pourtant, au moins Amédée se souvient, et avec une acuité pénétrante, d'un mot de sa tante chérie, naguère : pour rien au monde elle ne voudrait finir ses jours à l'étage, recueillie, elle qui n'est qu'accueil. Elle qui, sans le dire, a conçu une telle douleur de voir son jumeau dépérir dans son confinement. Ah ! la jeune fille riche, devenue la « vieille fille ». C'est elle qui, dans sa générosité à la fois et son effacement, a maintenu à la Passe-Dieu ce qui mystérieusement lui a permis de rester vivante quand même, et ouverte à la vie : le tout simple don de soi.

Et Amédée se dit : « Tout de suite, demain, je la laisserai partir, je lui demanderai de le faire. Quand j'aurai des enfants, il faudra que j'aie le courage de les recevoir, de les élever avec la même simplicité qu'elle, là-bas, a mise à éplucher ses pommes de terre. La même gratitude silencieuse. Je garde en moi, je crois, assez la leçon de ma tante bien-aimée. À moi de la mettre en pratique, en l'adaptant. Je ne voudrais surtout pas d'un fils que l'on passe son temps à repeigner, qui fait du charme aux dames en visite. Il aura des cheveux plats, j'espère, les cheveux de Godeffroi, et je les lui tiendrai courts. En attendant, mon Dieu, quelles mirobolantes aubergines Philomène nous a faites ! Si elle doit quitter cette maison, il faudra d'abord qu'elle me note ses secrets, l'assaisonnement, le temps de cuisson, etc. Je veux que mes enfants ne connaissent de la Passe-Dieu que son visage neuf. Mais je n'imagine pas qu'ils ne goûtent jamais les aubergines de Philomène, ses tomates au sucre, ça c'est le vrai héritage ; le seul que je veuille pour eux. Celui des bonnes manières. Avec les gens. Avec les légumes aussi. Il n'y a pas besoin d'être riche pour faire sortir d'eux toutes leurs saveurs, tout leur goût. C'est le moindre remerciement que nous devions au sol qui les a portés, à la lumière qui les a mûris. Terre, sol, où que vous soyez, où que, de toute son âme et peut-être en pleurant, l'on cherche à vous trouver, soyez bénis.

« Ah, mais toi, Godeffroi, où t'en es-tu allé chercher un sol ? Je crois que j'ai compris pourquoi. Mais où ?

29

Le voyage d'Amédée

La résolution s'est prise en un instant. « La Passe-Dieu est en ordre, Philomène est là, je peux la laisser aux mains des femmes. Moi aussi j'ai un peu envie de prendre du champ, de respirer ailleurs. Seul. Savoir moi aussi où j'en suis, sans sentir autour de moi la Passe-Dieu qui me dit trop où je ne peux pas ne pas être. De toute façon il n'est que temps que je tienne ma promesse, que j'aille revoir monsieur Franz. Mon Bach ne va pas mal, je crois, et j'ai bien avancé dans *Les Adieux*, surtout « L'Absence ». Je crois l'avoir bien dans ma tête, et même dans mes doigts. Depuis un bout de temps déjà, depuis la fin des travaux, je me suis remis au piano du salon. Pour Beethoven, c'est quand même mieux que le petit piano droit de ma chambre cellule. Il y aurait de l'affectation à travailler comme si je faisais retraite, en me cachant du monde. Mais il faut que je revoie monsieur Franz. J'ai besoin de sa distance, de sa sagesse (même un peu folle), de sa dilection aussi, pour mieux comprendre ce que doit, ce que peut-être mon cheminement désormais.

Années du voyage peut-être, moi aussi, et années de pèlerinage ? En tout cas je commande une felouque, je traverse jusqu'à Lorette, ensuite à Dieu vat, selon ce qu'il me dira. Weimar peut être, pour travailler sérieusement ? On verra. En tout cas, j'annonce aux dames que je m'en vais et ne sais pas du tout où au juste j'irai ni quand je reviendrai. »

Amédée cependant s'équipe. Il aura une felouque, ensuite, s'il le faut, une berline. Il veut emporter des malles, des vêtements, être prêt à accueillir l'occasion telle qu'elle se présentera. Il traverse donc, tout ému de sentir, à bord, le doux vent de mer lui caresser le visage et faire flotter ses cheveux. « Et moi aussi, pourquoi ne partirais-je pas ? » se dit-il à mi-voix.

Mais Franz Liszt n'est pas là. La gouvernante de son petit ermitage ignore ses projets, il ne l'a prévenue de rien. Elle le croit à Vienne, pour une série de concerts.

— Que monsieur Beato me fasse l'honneur de passer ici la nuit, et autant de temps qu'il lui plaira. La maison est à lui, pour qu'il s'y repose, ou travaille, s'il veut. Le piano est en état.

On ne peut être plus aimable. Et Amédée passe là une nuit parfaite, dans le léger bruit de la mer, et la musique des insectes de nuit. Le lendemain matin, la felouque le conduit vers Trieste, il y prend le train, essaie de rejoindre son vieux maître à Vienne. Ce n'est qu'aller vers la profondeur la plus secrète de l'Adriatique, oubliant Venise, concurrence et tentation trop évidentes. En échange il y aura, vers Trieste, ce mystère des Dolomites qui viennent ici se jeter dans la mer ; de la bora qui souffle du nord et peut emporter les voiles qu'elle enfle au-delà de leur pouvoir d'aller ; la merveille de Miramar, tragique fantaisie architecturale d'un bel archiduc, Maximilien, assez noblement irréaliste pour accepter une couronne au Mexique et y laisser sa tête. Fond de golfe, rêves. Pola ne se cache pas, elle se terre en bout de mer, abritant tout ce que la puissante Autriche a de flotte dans ce qui est son seul accès à la mer. Amédée se sent étreint d'une soudaine, étrange émotion. Il va vers le nord pour la première fois. Quelles teintes y trouvera-t-il ? Quel visage, peut-être, y retrouvera-t-il ? Il n'a le temps de rien voir, les côtes seulement et, à Trieste même, sans rien avoir le temps de visiter, humer face à la gare cette délicieuse odeur de ragoût dans les tavernes, de grosses grasses saucisses que l'on rôtit dans la rue, sur la place même : une autre civilisation qui commence où s'arrête la seule qu'il aime et connaisse, et que certes il ne va pas renier : celle du monde hellène.

Il s'est annoncé par télégramme chez les von Herbst. C'est un pèlerinage aussi, le principal de ce qu'il désire connaître à Vienne : la trace, même éventée, du si cher Friedele, dont la venue naguère a donné le branle à tant d'émotions. Les von Herbst vivent dans un palais, et l'accueillent à bras ouverts. Amédée n'a jamais vu le bel oncle Eberhardt, qui n'a fait que passer par Orplèthes, le temps d'enlever le lys de l'île, Delia, l'aînée de ses tantes. Il s'est remarié, de fait, avec une très ravissante jeunesse (et princesse) qui lui a donné cinq enfants de plus, et qui fait à Amédée l'hospitalité charmante de le traiter comme ce qu'il est en effet, une sorte de neveu par alliance. Les enfants sont blonds, jolis, bien élevés, d'emblée ils adorent Amédée dans les bras de qui littéralement ils se jettent. On ne saurait être mieux attendu, accueilli. Une étrange émotion serrera le cœur d'Amédée. Celle qui trône encore au grand salon, au-dessus d'une monumentale cheminée dont tout le dessus est comme une galerie de fleurs fraîches et de lampes, c'est le merveilleux portrait que Mackart a fait de Delia, simplifiant son ostentation habituelle pour la faire simple lys des îles, avec des écharpes sur elle, et derrière, toute une avenue d'arbustes. Ils ne l'ont pas oubliée, ici, celle qu'à Orplèthes non plus, personne n'a oubliée.

— Tu vas nous rester quelques jours, n'est-ce pas, mon cher ? Vienne a beaucoup à te montrer, à t'apprendre peut-être, eh, paysan des îles !

Liszt de fait a quitté Vienne depuis huit jours déjà pour regagner son séminaire de pianistes à Weimar. Mais demain Amédée obtiendra d'aller se recueillir sur la tombe de François-Frédéric, et d'y aller seul : on lui a fait un plan, il sait assez d'allemand pour se débrouiller en chemin.

Le grand cimetière a quelque chose de fastueux, d'un peu pompeux à vrai dire. Les aristocrates de Vienne s'y disputent la préséance par la splendeur et l'orné, l'ostentatoire de leur architecture. « La pauvre Delia doit mal dormir dans cette extravagance qui lui ressemble si peu ! » Avec une espèce de soulagement Amédée constate que Friedele, pour sa part, a eu, selon son désir certainement, sa toute simple plaque de marbre avec son nom dessus – présence franciscaine dans toute cette vaine baroquerie.

Au déjeuner, à un habitué des gourmandises de Philomène, le goût culinaire des Viennois paraîtra un peu sommaire, lourdaud pour mieux le dire. Mais l'Apfelstrudel (que Philomène a aussi à son répertoire) se montrera irréprochable. On permettra à Amédée, qui a voyagé la nuit dernière, le repos d'une courte sieste, car le rideau se lèvera à 7 heures, ce soir, sur *Lohengrin*.

Amédée a vu un opéra une fois, *La Flûte enchantée*, dans une loge grillagée du théâtre de Corfou. Mais ce n'est pas être allé à l'Opéra. L'Opéra à Vienne est le centre même de la ville, qui semble avoir été construite en cercles autour de lui, qui est son plus vrai cœur. L'escalier déjà ! Les dames qui le montent, tenant dans une main la traîne de leurs robes féeriques ! Les lumières ! Encore cet enchantement n'est-il rien à côté de ce qui commence sitôt l'obscurité faite. Cette autre lumière, qui est celle de la musique, inimaginable pour Amédée qui, de musique et de sonorités, ne sait que son piano, et la flûte, et le hautbois un peu, mais rien qui se compare à cette profusion qui monte de la fosse, dans d'inimaginables diaprures d'émail et d'or. Le charme sera moins absolu quand les yeux se rouvrent, et que des personnages occupent la scène, porteurs d'un charme bien différent, mais fascinant encore. Et certainement à la plainte que cette Elsa adresse au ciel, Amédée se sent étreint d'une émotion tout autre, comme si un pays imprévu soudain se dévoilait : le chant. Ce timbre de femme, cette poésie et ce neuf paysage. Pourtant, quand va paraître le chevalier au casque d'argent dans sa nacelle que tire un cygne, Amédée bouleversé entend à l'orchestre cette même sonorité d'émail, de topaze et de ciel qui, au prélude, lui a ouvert une sorte de paradis, comme le paradis retrouvé. Quelle annonce, quel cortège pour que descende le sauveur, l'attendu ! Et il descend en effet, dans sa rutilance d'argent que la lumière fait rougeoyer comme si c'était aussi un feu. Il garde la tête tournée. Il dit adieu à son cygne. Mais comme il approche, Amédée voit enfin son visage. Mon Dieu ! Il a les traits et, sous son chant, la tristesse noble qu'Amédée depuis longtemps n'associe qu'à son bien-aimé en allé. Godeffroi ! Est-ce là, après l'absence, le retour ? Il croit suffoquer jusqu'à la fin de l'acte. À l'entracte, la simplicité, la familiarité avec lesquelles les autres vivent cet émerveillement rassérènent Amédée. Lui aussi boira sa flûte de champagne. Après, ils souperont à l'Excelsior et iront s'endormir, vannés et comblés.

Amédée ne s'attarde pas ici. Il a vu ce qu'il devait voir. Il reviendra sûrement. Mais il lui tarde de se remettre en chemin. Le bain qu'il a pris ici est, simplement, surnaturel. Il lui faut du plus réel. Il veut « voir du pays », exactement. Se frotter au sol, au caillou, à l'écorce. De Trieste, le bateau l'emmène vers Raguse. De là, par terre et avec ce qu'il faut de cahots et d'essieux cassés, il traversera l'impraticable, qui est le seul intérêt du voyage : la forêt épaisse dans son état sauvage, jusqu'à l'Épire impénétrable et sublime, qui n'est que l'autre côté du détroit qui baigne Orplèthes. Ce continent hellène, mais sans statues ni temples ni couchers de soleil. Ni visiteurs ! Le corps de ce qui est grec, ici sans vêtement, et violemment refusé à qui croit pouvoir le prendre, l'acheter d'un sourire.

Les adieux à Eberhardt aux nouveaux cousins sont sans tristesse : on se reverra, les petits d'ailleurs peuvent très bien venir passer l'été prochain, la Passe-Dieu est bien assez grande. Sur le chemin de la gare, le fiacre d'Amédée est littéralement stoppé par un défilé. Lentement des dragons passent, qui frôlent sa voiture. Mais le défilé un long instant s'arrête. En tête de section, de face, immobile, un beau lieutenant est là, sabre au clair. Où Amédée l'a-t-il déjà vu, vient-il de le voir ? Mon Dieu ! Hier *Lohengrin,* avec son casque lui aussi ! Image douce et fatale. Encore Godeffroi.

30

Le retour

Le train encore. Trieste. Puis le bateau encore, l'enchantement de cette côte dans laquelle on dirait que les montagnes par étagements viennent se jeter. Raguse alors, et une très solide berline, chargée des malles d'Amédée pour, comme il se l'est dit, « voir du pays ». Et quel pays ! L'important d'ailleurs, ce n'est pas tout ce qu'Amédée en effet verra, et Dieu sait pourtant qu'il y aura là du mémorable : mais comment et d'où il le verra. Il s'est muni de fortes bottes de chasseur. Ils passeront par des taillis qu'il faudrait ouvrir devant soi, et à la hache plutôt qu'à la faux. Non que la berline soit trop lourde, mais parce que le terrain l'obligera à être lente, plus d'une fois Amédée préférera mettre pied à terre, marcher devant, en éclaireur. Ce n'est pas ce qu'on voit qui importe, tous les paysages, en somme, un peu d'attention et d'amour suffit pour qu'ils se valent. Mais la marche ! L'effort ! D'où est venue soudain cette pensée qui, n'ayant fait que traverser l'esprit d'Amédée, maintenant le hante ? Éros ! La chasse, la quête d'Éros sur ses chemins caillouteux d'Arcadie, sur ses pieds nus qu'il mettrait en sang si déjà la marche ne les avait faits calleux ! Cette infatigable poursuite, de quoi ? De rien. De rien, qu'un visage partout. Où s'est-il caché, celui qu'Éros poursuit ? Ici, là aussi bien. À la fois nulle part (car il est peut-être vraiment, irrévocablement parti) et partout. En tout endroit, et il y a sur terre autant d'endroits que d'étoiles dans la Voie lactée. Il faut chercher partout et nulle part : c'est-à-dire, en fait, ici même. Là où on est. Par la profondeur, qui ne s'atteint que par la surface, le sol où les pieds vont, solidement chaussés, et tâtent le terrain, le reconnaissent, comme fait l'éclaireur ; le savent, et par le savoir aveugle et clairvoyant des pieds. Toute une mystique du voyage d'un coup s'est changée pour Amédée, elle s'est humiliée. Avancer et connaître par les pieds, c'est aussi comme si on marchait à genoux. *Homo viator*, est-ce cela qu'a remplacé le pauvre homme désormais voyageur, qui est un curieux, un amateur au fond, un esthète déguisé en touriste, et qui hume l'air d'ailleurs ? Les pieds procèdent autrement, ils sont l'humus de l'homme, le muscle aveugle et vaillant qui s'échine. Ainsi la berline d'Amédée va, et lui devant. Mais certes, il prendra le temps de s'arrêter quand s'offre l'incroyable : les découpements et rebonds presque à l'infini de cette eau qui ose pénétrer la terre, comme dans les bouches de Cattaro, huitième merveille du monde et qui n'est pas due, elle, à l'industrie de l'homme, de l'artiste. Comme pour la mirer, les yeux des enfants dépenaillés, pieds nus, qui restent debout, immobiles sur ces bords, ont des coloris de miel, de verveine, de violette, qui disent que c'est la nature d'abord, pas l'homme, qui est artiste. Lui n'est que contrefacteur.

Mais Dieu, que les taillis sont épais là où il y a bien chemin, à la rigueur, mais route assurément pas ! Il faut se gagner chaque kilomètre. Amédée a du mal à imaginer son père, si sensible, si douillet, affrontant les fourrés de l'Épire pour chasser avec Cyprien, le cousin à moustaches. Où sa passion mène chacun et lui fait transgresser ses limites, il y a un proverbe latin qui le dit : *Sua trahit quemque voluptas*, non, c'est de Virgile. Par ici Amédée aussi trouve sa *voluptas*, bon plaisir et plaisir tout court, osons dire le mot, qui le « trahit » : et le mot latin n'est pas « trahison » ni « traîtrise », mais « traction » seulement. Cela vous tire en avant et on y va, et pas en traînant les pieds. Douloureuse Arcadie, pieds écorchés, cela est dans *Le Banquet*, textuel. À force d'aller devant soi en coupant dans les taillis, Amédée a fini par comprendre où sa *voluptas* le pousse, le mène et le conduit. But occulte, qui se révèle maintenant comme la destination, depuis le début claire, du cheminement : ce prodigieux espace gris où des maisons, des églises s'accrochent Dieu seul sait comment, en haut d'escarpements hostiles au marcheur comme au grimpeur, sans aucun effet d'art qui attire le curieux amateur. Le site halluciné des Météores, dont Hagop lui a raconté merveilles. Et merveille c'est en effet, mais qui met à genoux tant elle est d'abord hostile, hérissée de refus. Comment tiennent là-haut ces cabanes, ces chapelles et même ces bibliothèques ? Pour quel usage ? Pour quelle retraite de moines amers et ardents, qui voient Dieu à travers le refus que lui adressent la Création et, peut-être, toute créature ? Amédée montera sur le dos d'un âne et, de ce bien précaire appui, atteindra une corde qui pend et se hissera, de degré en degré. De là-haut, il n'y a pas de paysage. Il n'y a que la tranquille immersion dans le ciel, qui est gris comme de l'encre, noirci encore de nuages qui roulent. Mon Dieu, être si loin du sol, si loin surtout de quelque vis-à-vis que ce soit, est-ce être plus près de vous ? En avoir fini du voyage ? De la quête ? Un moine dédaigneux lui fera la charité d'un plat d'aubergines dont Philomène aurait honte, nourriture qui certes n'est pas hommage au Créateur. On le lui jette aux pieds comme on donne des arêtes au chien qui passe. Mais cela avec une majesté, un sérieux qui font simplement honte au visiteur de n'être que ce qu'il est : un passant. Pas un *viator*. Pas un pèlerin.

Amédée leur laissera beaucoup de l'argent qu'il porte sur lui, à ces anachorètes, dans l'espoir un peu ironique qu'ils cuisent mieux les aubergines dont ils vous font cadeau, ou, rêve malicieux, qu'ils fassent venir sur leurs parois des liserons ou des bougainvillées. Ce sera presque facile, d'ici, laissant la berline et le cocher, de prendre à Patras une felouque. Et il aura bouclé son périple, ne sachant toujours pas ce qu'il cherche et certes ne l'ayant pas trouvé, mais sûr qu'il cherche et continuera de chercher.

Il n'aura été absent que deux mois à peine. Il lui semblera pourtant, de retour à la Passe-Dieu, que, des plans qu'il avait soigneusement tissés et mis au point, se voulant sûr de son propre avenir stable, décidé, presque rien ne reste. Car que reste-t-il de nos projets si se dérobent ceux que nous avons tendrement associés à leur mise en œuvre ?

31

Une mère

VIRGINIE en deux mois s'est faite plus diaphane, plus douce et, semble-t-il, plus indifférente à ce qui va arriver ici. C'est comme si, de son voyage, elle était revenue ici comme une étrangère, que son paysage natal l'ait retenue par les pieds et ne la laisse pas libre d'aller. Au fait, a-t-elle jamais été ici autre qu'étrangère ? Ne parlant que forcée de le faire, épuisant son temps à d'infinies coutures, broderies ? Elle a dû être plus ouverte à son premier-né, lui réserver les sourires et babils des jeunes mères. Quinze ans plus tard ils se regarderont l'un l'autre, et eux seuls, avec une intensité unique et qui n'est pas pour les autres. Un attachement sans mots, et qui n'a pas besoin des mots. Au départ de Godeffroi, Amédée s'en souvient, elle n'a rien dit, n'a pas pleuré, ne s'est pas révoltée contre le Ciel. Elle a accepté. Ou, peut-être, compris ? Toute sa force, en tout cas, elle l'a mise à empêcher que le père, lui, purement et simplement ne s'effondre. Lui à peu près remis, peut-être s'est-elle laissée aller, elle aussi, devant quelque vitrage, à un arriéré de larmes. Avec les gens aussi elle a toujours eu cette politesse exquise du cœur, de ne rien leur laisser sentir qu'ils n'aient pas besoin de sentir. Cette réserve. Mais qui recouvrait quoi ?

Elle est assise maintenant, sur son habituelle chaise longue, avec, dans une main qu'elle laisse pendre, son éternel ouvrage. Telle qu'elle est Amédée la voit, à contre-jour, absente et intense, et de profil. Ses traits se découpent contre la lumière qui accuse leurs arêtes. Est-il possible qu'elle ait jamais été ainsi, comme vide d'elle-même ? Elle, discrète mais attentive, et si naturellement enjouée ? « Elle a pris dix ans en deux mois », se dit Amédée, qui réfléchit aussitôt : « Mais elle n'a même pas 50 ans ! » Or il voit devant lui une femme finie, fanée et qui le sait, et qui désire désormais se laisser aller, cachée derrière l'éternel tricotage qui n'est pour rien, pour personne, sauf peut-être des enfants de pauvres à qui les moniales de Zanthe le distribueront par paniers, et dans les yeux de qui elle ne verra jamais la petite lumière qui dit merci. Il la revoit ce soir où la Passe-Dieu a accueilli Liszt, en retrait, raffinée, d'abord comme surprise qu'elle doive se comporter en maîtresse de maison et le faisant avec un tact, mais une maîtrise aussi, exemplaire. Mystérieuse maman. Amédée se trouve jaloux soudain des intimités qu'elle a dû ne partager qu'avec Godeffroi. Non qu'il ressente ce besoin de tendresses. Mais il y a là un secret, elle sait de son premier-né quelque chose que personne n'a su – comme une identité d'avant, et de toujours. De ce secret, oui, Amédée subitement est jaloux. Non pour en réclamer sa part, lui le benjamin, et lui aussi en jouir. Mais là est une clé – peut être la clé. Elle reste là, étendue à contre-jour, calme ou plutôt absente, les yeux grands ouverts et ne regardant que dedans. Demain, dans un mois, il faut qu'il lui parle. Qu'il l'interroge. Qu'elle laisse si possible s'épancher en lui cette douce science qu'elle est seule à avoir du bien-aimé disparu, qu'elle n'ose pas appeler bien-aimé, de peur de faire pleurer les autres. « Maman ! », soupire Amédée. Peut-être vient-il d'en apprendre plus, ici, à l'instant, que dans tout ce périple où, d'amour, il s'est écorché et durci les pieds.

Mais c'est Géraldine qui, demain, descendra de chez elle et le prendra à part :

— Chéri, ne t'étonne pas. Dans mon périple, depuis que je me suis retrouvée face au Danube ni « beau » ni « bleu », mais certes souverain, et qui nous rapetisse, une intuition s'est éveillée en moi. Cela m'a tenaillée tout le temps. C'est cela qui m'a fait me recouvrir de mousselines qui me ressemblent si peu. Peut-être aussi derrière les rires, les ironies que j'ai pu mettre dans mes comptes rendus. J'ai vu là-bas la qualité de ciel dont il me semble avoir toujours rêvé. Ce bleu dans sa pureté aveuglante, cette lumière implacable, tout ce qui fait la splendeur d'ici, qu'on nous envie, moi, il me semble que je suis née en les redoutant. Je m'enferme dans ma chambre, c'est pour mon violon, croit-on. Mais c'est aussi pour me garder de cette emprise, de cette brûlure. Je n'aime pas le soleil, chéri, et je n'aime pas la lune non plus, la sotte lune qui berce tant de rêves. J'ai trouvé là-bas que j'aime la pâleur du ciel. Et j'ai aimé à l'instant, oui à l'instant, la douce rumeur qui monte de cette bande de petites filles égaillées dans la prairie. Et sûrement ce n'est pas par hasard qu'on m'a faite filleule de tante Julie. D'un seul regard elle m'a devinée, elle a vu comme tout de suite, là, dans cette pâleur du ciel, dans la discipline des petites filles, j'avais trouvé ce qui peut-être est mon vrai lieu, depuis toujours, et pour toujours. J'ai porté cela pendant tout notre périple d'Asie Mineure, sans en parler à maman surtout. Mais elle aussi n'a laissé deviner à personne combien les touffeurs de Smyrne, les moustiques dévorants des marais l'avaient du même coup atteinte et fascinée. Elle n'a rien dit, mais je l'ai entendue tousser, de quintes brèves, sèches, presque insonores. Elle est atteinte, tu sais ? Et moi, demain, après-demain, je vais partir. Je te le dis déjà, parce que c'est à partir de toi et de ton cœur à toi que se trame désormais tout ce qui pour cette maison est projets. Tu n'es pas père, ou pas encore, pourtant déjà ici tu es le Père. N'en parle à personne, tu me le promets ? Ni à maman ni surtout à Philomène. Et je te le promets aussi : si pour une raison ou une autre la maison, notre maison a besoin de moi, j'attendrai pour partir. Mais sûrement, je le sens, je partirai. Et mon violon ? Bien sûr je l'emporterai, mais pas pour en jouer. Ce sera ma dot si les Dames de Sion veulent bien de moi.

Amédée se retient de montrer ses larmes. Quelle simplicité, quelle façon d'aller à l'essentiel, quelle autorité aussi ! « Celle-là, très sûrement un jour elle succédera à tante Julie, se dit-il. Elle aura trouvé plus vite et plus simplement qu'aucun de nous. Mais Orplèthes, Orplèthes ! Y a-t-il donc un sort qui pousse à quitter ce lieu béni quand on y est né ? Moi seul sans doute et Philomène ne connaissons pas cet appel – ou nous le rejetons. Ulysse se faisait attacher afin de pouvoir écouter le chant des sirènes alors que ses matelots, oreilles bouchées, faisaient avancer le navire. Et Godeffroi, mon Dieu, il l'entendait, venu d'aussi loin que Charybde et Scylla ! Je vais moi aussi m'attacher à un mât. Mon seul mât, c'est ici. »

— Ta mère et ta sœur sont rentrées de leur périple complètement déboussolées.

De sa cuisine, sans entendre ce qu'ils se disent, Philomène n'est pas peu surprise de voir Géraldine, si peu bavarde, et Amédée si longuement se parler.

— Je suis allée moins loin qu'elles, Dieu merci, et suis revenue sachant d'où je suis et pourquoi j'y suis. Ces chimères de vous autres garçons, le où et le par où et le pourquoi, voilà que cela passe aux femmes. Heureusement, tu sais où est ta place, toi, mon chéri, dit-elle en lui caressant la joue. Et tu sais pour quoi, et quel avenir tu y prépares.

Ainsi passeront quelques semaines. L'été commence. À peine si, de la journée, Virginie silencieuse, transparente, tricotant, quitte sa chaise longue. Le mystère de cette longue immobilité, longue transparence aussi, tourmente Amédée. Il a besoin, lui, de paroles, pas de silence. Il va passer dix minutes dans l'oratoire de la Passe-Dieu, ce que personne ne fait jamais sauf, quand elles sont là, les vieilles de l'étage, médisantes et dévotes. Mais un cierge y brûle en permanence, pour Godeffroi disparu. Philomène veille à le renouveler sans que jamais la flamme ne s'éteigne. Amédée s'y absorbe, comme s'il était éponge il lui semble s'imbiber d'une autre eau, d'une autre vérité. « Mon Dieu, enfant que j'étais, je suis allé comme un fou, en rond et en même temps droit devant moi. J'ai cherché partout où c'est possible, et pas d'emblée dans le tiroir de Godeffroi. Et je n'ai jamais rien demandé à maman, je ne lui ai même pas parlé. J'ai couru jusqu'au Saint-Hélie, puis Vienne. Et elle, ce qu'elle sait, qu'elle est la seule à savoir, qui lui est si évident qu'elle ne pense même pas à le dire, je n'ai pas su poser ma tête sur ses genoux pour qu'elle me dise ce qu'elle sait...

Il va s'installer sur une chaise de jardin, face à sa mère, pour bien l'obliger à montrer ses yeux, et qu'il puisse plonger dedans. Elle se tait, les yeux mi-clos, un moment. Lui la regarde, comme on lève les yeux sur quelque chose de sacré, il n'ose rompre le silence. C'est elle qui le fait, comme si elle allait au-devant de sa question.

— Qu'est-ce que tu veux que je te dise, mon enfant ? Tu le vois de jour en jour. Je décline. Je m'en vais. Tu me vois mon tricot toujours à la main, comme si c'était la seule chose qui me rattache encore à la vie. Je m'en vais doucement, laisse. Mais qu'est-ce que tu veux que je te dise ?

— Maman, ma petite maman. Vous vous en allez si doucement que je ne songe pas à vous retenir. Mais je voudrais savoir... Vous aimiez tant Godeffroi, il est parti, et à peine si on vous a vue desserrer les dents, protester face à Dieu. Quelle réserve de présence gardez-vous dans votre cœur, qui vous fait seulement sereine et lasse, mais pas désespérée ni révoltée ? Dites-le-moi, ma petite maman, car je suis, moi, malgré les certitudes que je tâche de montrer, depuis la « fuite », depuis qu'il est parti, si absolument désemparé...

— Mais que veux-tu que je te dise, mon enfant ? Je ne sais rien que je puisse te dire...

— Mais Godeffroi ! Vous savez, vous...

— Je ne sais rien, crois-le. D'ailleurs tout ce temps ce n'est pas ton frère que j'ai eu en tête...

— C'est quoi, alors ?

— Mais c'est toi, mon enfant, et toi seul.

— Moi ? Mais pourquoi ?

— Mais tu ne sais pas que depuis que tu es tout petit je te couve, de mon regard que tu ne sens pas ?

— Moi ?, interrompt Amédée stupéfait.

— Toi. Tu étais si fort et même résolu, allant droit devant toi malgré toutes tes ruses et tes coquetteries. C'est toi ici qui as toujours été de cette pâte-là, plus forte, et je me demande de qui tu la tiens, car ce n'est ni ton père ni moi qui te l'aurions faite. Et j'ai eu si peur ! Comme une mère peut avoir peur pour son enfant, à cause du croup qui rôde, du typhus. Mon Dieu, toi si droit devant toi, si fait pour gagner, je t'ai vu sous mes yeux, mon enfant, te défigurer, presque te renier toi-même dans ton désir fou de rejoindre Godeffroi à travers vos quatre ans d'écart, de l'imiter, de t'identifier à lui dans ce qui le fait respirer si large, la solitude, la prouesse du corps, l'abnégation, l'effort. Ce ne sont pas des vertus pour toi. Tu en oubliais ton propre chemin, mon enfant, dans ton pur et bel amour, qui t'exaltait. Toi qui as tant de forces, de dons, tu enviais à ton frère le seul don qui le rendait unique et inaccessible : sa sainte sauvagerie. Tu as rêvé, non de lui prendre son bien, mais de risquer la perte de tes propres dons, pour avoir part au peu qui n'était qu'à lui : sa solitude. Et comme il t'aimait aussi, et sans doute plus que tu ne l'aimeras jamais, il te laissait faire, subjugué, comme s'il avait affaire à un ange, ou à un serpent. Je prenais peur que vous ne vous détruisiez l'un l'autre, vois-tu ? Je suis de Smyrne, je parle peu mais je devine, et j'ai l'œil fin. Heureusement – je dis heureusement malgré les remous qui en ont résulté –, Friedele est venu, lui, comme un archange de la Bible, pour tout changer dans tous ces rapports et ces équilibres aussi, et tout a basculé. Toi te jetant à corps perdu dans la musique dont jusque-là, doué comme tu es, tu ne faisais que te jouer. Lui dans son désir de saisir quelque chose de ce nouvel horizon. Et dans son impuissance à le faire. Oh ! Je vous ai observés, mon enfant, et seule ma totale foi m'a retenue de craindre. Et puis chacun comme il convient, comme c'est l'ordre, va au bout de son chemin propre et, si c'est une impasse, bondit plus haut, ou se casse. Ai-je besoin de t'en dire plus ?

— Mais comment, maman, cette tranquillité quand il est parti ?

— Parce que j'étais prête, mon enfant. Je le soupçonnais d'un commencement. Godeffroi n'était pas fait pour notre monde ; pour cette île en tout cas et la vie qu'elle offre.

C'est dit. Il y a un silence, oppressé. Et Amédée alors :

— Mais moi ? Ce souci pour moi ? Pourquoi ?

— Parce que tu es plus fort et plus centré que tu ne penses, derrière tous tes talents, dont celui de jouer de la flûte pas pour la musique, pour charmer seulement. Ton père n'y comprenait rien, Philomène n'y voyait rien : cette profusion, cette dispersion possible aussi, de tant de dons. Tu pouvais retomber de cela blasé de toi-même, dandy. Mais tu t'es cabré, tu t'es regroupé, en homme. Comme l'homme que tu es devenu à moins de 16 ans. Godeffroi est parti, il est parti. Où il est je suis heureuse pour lui, et l'aime comme s'il était là. Mais toi, à la force du poignet tu t'es affirmé. Tu es sauvé. Et je peux laisser, moi, mes journées fuir avec les mailles de mon tricot. Je suis finie. Ou plutôt j'ai fini.

— Maman, ma petite maman, ainsi me suivant des yeux, vos yeux mi-clos, tout le temps, vous avez voulu, vous avez fait que je devienne moi-même pleinement ?

— Bien sûr, mon bel enfant. Nous n'en avons pas fini avec vous en vous mettant au monde. Et quelle douceur, en rentrant de nos voyages avec nos belles étoffes, de tout trouver ici en ordre sous l'œil du maître. De vérifier comme déjà tu prends ta largeur d'épaules, t'accomplis.

— Oh ! Maman, est-ce possible qu'ainsi vous m'ayez suivi de vos yeux mi-clos et de votre prière, et de votre sagesse, et de votre discernement, et de votre volonté, pour que je devienne moi-même ?

— Oui, mon enfant. Ce n'est pas tout à fait fini, mais c'est fait. Tu ne changeras pas de chemin. Tu commences seulement, mais tu es arrivé. Amédée, ou Amadeo et personne d'autre.

Amédée laisse tomber sa tête sur les genoux de sa mère, doucement elle lui caresse les cheveux. De tels moments devraient être éternels. Du sol autour d'eux monte la saine, la robuste odeur de la belle herbe d'été.

— Merci, sainte maman, souffle Amédée.

— Mais maintenant tu vas faire quoi ?

— Mais vous venez de me dire que je suis arrivé : je suis à pied d'œuvre, et vais continuer.

— Mais continuer quoi ?

Amédée interdit relève les yeux, il quémande.

— Tu sais très bien que pour commencer tu as une chose à faire.

— Ah ? Laquelle ?

Un silence.

— As-tu vraiment besoin de te l'entendre dire ?

— Me marier, maman, évidemment. Si je veux me replanter ici, avoir des enfants, me marier. Mais personne ne me court après, rien ne presse.

— Dans combien de temps ?

— Oh ! Cinq, six ans.

— C'est trop. Tu oublies. Quelqu'un attend.

Amédée ne fait pas silence seulement, il blêmit :

— Mais qui ?

— Tu sais très bien.

— Félicité ?

Virginie ne hoche même pas la tête. Elle clôt les yeux en signe d'assentiment, et pour dire qu'elle n'a plus rien à dire.

— Mais c'est sacrilège, maman. La femme de mon frère ! Félicité est pour Godeffroi, elle est à Godeffroi.

— Ce Godeffroi-là n'existe plus.

— Mais vous m'avez déjà fait prendre sa place, vous m'avez fait prendre déjà son devoir. Vous voulez maintenant que je lui prenne son droit ?

Virginie ne bronche pas. Une fêlure dans la voix, et une hésitation, comme un plongeur qui se lance :

— Depuis le début, vous avez voulu que je devienne à la fois moi-même et Godeffroi ?

Les yeux se rouvrent, joyeux. Il n'y a plus d'énigme. Qu'elle est forte alentour, la belle herbe d'été !

32

Venise

DANS une semaine Virginie s'éteindra, comme on souffle une lampe. Amédée n'a plus rien ici qui le retienne, le testament que sa mère taisait en soi, elle l'a prononcé. Il sait où il va, où il doit aller de toute façon, mais rien ne presse. Une seule chose réellement presse. Sans un mot vraiment dit, Liszt lui a fait signe. Il faut le voir d'abord, qu'enfin toute une enfance, toute une formation soient closes, mises au passé. Le mois dernier est arrivé un rouleau, les dernières partitions de Liszt pour le piano, mais un piano fantôme, allusif, sans couleur, il ne parle que de Venise, une Venise vue et réduite à l'essentiel, de traits à peine, un froncement de l'humeur ou de l'eau, mais l'éternel battement des rames. Cette Venise l'appelle, pour un exorcisme enfin. Un mot y est griffonné, de la haute écriture noble. « Joue-toi cela, Beato, et viens. À Venise ou Vienne. Ne tarde pas, bientôt je vais à Bayreuth. Je ne veux pas fermer mes yeux sans entendre encore une fois *Tristan.* Viens. » Venise est en tout Scazzèthes, elle est son sang, sa mémoire, son ressentiment. Amédée entend l'appel, mais s'est interdit l'attouchement voluptueux. Ce poids fatal du passé, il en est et reste indemne. Même par curiosité, il n'en veut plus. Ce qui fut leur place près du Campanile, où s'est élevé l'orgueil d'un palais englouti, il ne veut plus le savoir. Tout Venise en vérité se résume pour lui en cette image, qui est vraie. Lors de trop belles pompes funèbres une barque a chaviré avec les enfants de chœur et les ciboires. On a sauvé les enfants mais le corps du Christ a été avalé par l'eau sale et depuis, pécheresse comme elle reste dans ses rues et ses chambres secrètes, Venise par son eau est sainte. Il ne veut pas de sa beauté de jour, le jour il s'enfermera dans sa chambre d'hôtel. Mais la nuit, deux pleines nuits il va l'ausculter, quand sa splendeur factice est fatiguée d'être parure. Elle la dépose. Elle laisse voir ses traits las, à l'heure où on ne peut plus voir. Venise alors n'est plus qu'une odeur, celle de l'eau qui doucement vient battre le bas des parois nobles qu'elle ronge d'algues verdâtres, rases qui dès ce moment, doucement, amoureusement, sonnent sa mort.

Il écoutera l'eau, à son plus noir, à son plus sale, en gondole, jusqu'aux petits matins. « Monsieur Franz » par son envoi expressément l'y invite. Ces deux nuits en effet il tournera dans la ville morte, grisé, un peu hagard. Il marche à l'aveugle, puis saute dans une gondole et se laisse porter. Il écoute l'eau lourde, glauque, elle expire contre les parois. Voix des choses, parfaitement publique, et gardée si secrète. Il s'y lave les oreilles. Il ne s'en lasse pas. Mais à lui elle ne dit rien qu'il n'ait déjà longuement, amèrement appris.

C'est peut-être derrière cette fenêtre qu'une Desdémone trop blonde adresse un signe à son beau guerrier noir, ne se doutant pas de combien de larmes elle devra le payer. *Piangea cantando* : il lui semble entendre cela, qui est dans un *Otello* tout neuf, celui de Verdi. Mais quand le gondolier le mène dans une artère plus longue, plus noire encore, rien venu des parois noires ne se surimprime, absolument, à la battue à deux temps des rames et Amédée se demande à quelle mémoire de musique, la plus profonde de toutes, la plus élémentaire aussi, cela mystérieusement se raccorde. Et en un éclair, cela remonte de lui et pourrait déborder, jusqu'aux larmes. *Dove sono i bei momenti*, la voix de la comtesse de Mozart l'envahit, lui qui des *Noces* si longtemps n'a voulu retenir que la voix de Chérubin. Musique qui pardonne au monde d'être le monde. Musique qui réconcilie. À 5 heures, à l'heure où Venise va redevenir trafic et rumeurs, Amédée regagne sa chambre. Un peu dormir, certes. Mais d'abord s'isoler. Décanter. D'ici il n'ira chez personne, ce qui est fait est fait, il a fait son possible pour retrouver Liszt, l'ultime, celui qui parle par ces dernières barcaroles. Il n'ira pas à Vienne ni à Weimar et certainement, au sortir d'ici, il ne croira pas se purifier en plongeant dans les eaux de Tristan, plus délétères qu'aucunes. Il n'y aura plus d'autre traversée pour lui, pour longtemps, que celle qui bientôt va le conduire où il sait, selon ce qu'il se répète tout bas : « Où sont mon devoir et mon droit. »

Du moins va-t-il se permettre de la voir de plein jour, avant de partir, cette Venise dont il a voulu ne voir de près ni les trésors célestes ni les échancrures crasseuses. « Je me ferai porter derrière la Guidicca, tournant le dos à Venise, et là seulement je me retournerai. La descente des Alpes sera face à moi, impalpable, à moins que la bora venue des sommets n'en profite pour changer l'air, et les flots aussi, et tout le paysage. Mais que m'importe. Et si la bora soulève la mer et me chavire, mon Dieu, cela aussi, c'est arriver au terme, et à bon port comme le veut notre docilité à la Providence, même si c'est dans le beau vert du fond de l'eau… »

Avec la gondole il frôlera presque une minuscule île toute plate, comme une peau sur la mer, de la paillote à même le golfe. Une femme, accorte, s'active. Elle ramasse ses œufs, un parfum de ragoût monte d'un auvent, avec une bonne odeur d'oignons et une autre, plus âcre, de friture. La femme se laisse interpeller. Oui, elle a du café et en offrira volontiers à sa Seigneurie, si elle le désire. Amédée lui donne une poignée de piastres qui lui font écarquiller les yeux.

— Et sa Seigneurie ne désirerait-elle pas un peu de ragoût ?…

Mais Amédée ne veut rien. Le café cependant, amer et crémeux, excellent, a stimulé sa curiosité…

— Mais si sa Seigneurie a la curiosité des arbres, de plantes et d'oiseaux rares, qu'elle poursuive jusque là-bas.

Elle pointe un doigt, mais le plein soleil fait la mer miroitante et aveugle.

— On l'appelle l'île Saint-Lazare. À ce nom Amédée tressaille. Qui donc, il n'y a pas si longtemps, a parlé de cette île ? Et pour suggérer quoi ? « Des libres mis en sûreté », se rappelle Amédée. Le gondolier de toute façon est prêt à conduire son Excellence jusqu'à Otrante et au-delà, du moment qu'on lui paye la course. On avance ainsi dans le miroitement d'argent et d'étain brûlant et comme à l'aveugle. De tout près, pourtant, l'eau que soulèvent les rames reforme aussitôt son vert joueur, profond, charnu. Tout d'un coup ce sera, comme sortant d'un rideau de brume dorée, une langue de terre. Un débarcadère. De simples planches solidement fixées, mais sans aucun effet d'art. L'île est hospitalière sans doute, mais n'encourage pas le curieux. Un tintement de cloche fait venir un frère lai qui semble en vigie : de l'île il y a un temps qu'on aperçoit la barque qui vient.

Il se contente, en italien, de souhaiter la bienvenue, et s'enquiert. Mais tout ce qu'Amédée souhaite voir c'est le site, et les arbres.

— Des cèdres, me suis-je laissé dire. Et un peu la bibliothèque, ajoute Amédée, si c'est permis. Mais je voudrais surtout ne déranger personne.

Le frère s'éclipse, laissant Amédée au jardin, ébloui par la vigueur des lys et des dahlias, leur santé profuse, leur joie d'être là, en vivants bouquets, et comme offerts. Mais à qui ? Pour quelque action de grâces permanente sans doute, si ce sont bien les Arméniens sauvés de Morée. D'ailleurs, les deux cèdres là-bas sont simplement vertigineux.

Amédée s'est plongé dans une songerie, en effet. Il n'a pas vu venir du couvent cette longue silhouette frêle, en robe de bure et dont un capuchon dérobe les traits. Mais la voix aux inflexions rauques, chantantes pourtant, est d'une gentillesse, d'une hospitalité extrêmes :

— Me permettez-vous de vous demander, monsieur, monsieur mon hôte, ce que vous venez chercher si loin de tout monde, et en quoi je pourrais vous y aider ?

Ils sont debout à l'entrée d'une allée de dahlias, l'air est doucement odorant, la voix qui a parlé est prévenante et d'une grande sollicitude, elle met en confiance. Mais qu'Amédée a-t-il à demander, ou simplement à confier ?

— Je suis au bout d'un long parcours, *frate* ; j'ai longtemps et durement été à la poursuite d'un disparu. Mon frère. Mais il me semble que je suis arrivé au terme de ce voyage. Voyez-vous, je repars ce soir vers chez lui, les îles, jusqu'à Rhodes. Ma vie s'est décidée. Je ne suis venu à Venise que pour remplir un dernier devoir, je ne l'ai pas pu, et je me suis offert une longue course dans les eaux les plus propres de Venise. Et me voici, curieux certes de votre bibliothèque fameuse ; mais rien que votre débarcadère et sa cloche qui tinte, vos lys, vos dahlias – il me semble que j'ai fait mon plein, que c'est là une bénédiction silencieuse et imméritée sur mon retour, c'est assez de grâces déjà que je dois vous rendre.

— N'en faites rien encore, monsieur. Permettez-moi en correction toute fraternelle de vous faire observer que vous aussi, ayant cueilli et emportant par brassées ce que vous donne Saint-Lazare, vous lui êtes redevable, de n'importe quoi, pas nécessairement de ce qui brûle encore en vous, pas forcément du récit, de la confession : au moins le souci de vous, de la fortune que vous portez en vous, que vous montrerez sur vous, jeune homme riche qui avez au moins la curiosité du Seigneur. Vous le suivrez si vous vivez un peu sans votre cassette. Vous déposerez le souci qui vous fait aller de l'avant, je déposerai, moi, mon souci de tous les jours ; et il est plus grand qu'il ne paraît. Charge m'a été dévolue de tenir en ordre cette petite maison spirituellement, mais matériellement aussi. Je vous invite à cela, qui vous surprendra. Nous serons à genoux devant la Vierge qui nous protège et nous rassure ici, et nous allons prier, non pas chacun pour son intention égoïste, mais l'un pour l'autre. Comment vous appelez-vous, que je puisse mettre un nom dans ma prière ?

Amédée prononce son nom en rougissant, cette procédure l'a stupéfié, déconcerté. Il lui semble se mettre nu devant son interlocuteur, dont la bure dérobe toujours les yeux et le haut du front.

— Moi, on m'appelle Galéas, frère Galéas, dit l'autre avec simplicité. Mais, je me dois de vous le dire, ce n'est pas mon vrai nom. Notre patronyme, tous en entrant ici nous l'abdiquons, en sorte d'être également nus et pareils, soit par crainte de la persécution, soit par honte d'une vie déjà vécue, et perdue. Pour les prénoms, c'est différent. À notre admission, nous plongeons la main dans une grande boîte couverte de velours rouge et nous tirons notre prénom, littéralement, au sort. On nous appose alors un chrême sur le front, on nous met du sel sur la langue. Ce n'est pas du tout un baptême ni sa contrefaçon. Il nous semble acquis que ceux qui entrent chez nous avec désir sont baptisés, et s'il se glisse dans le nombre quelque scélérat en cavale, à Dieu de reconnaître les siens. Je ne sais même pas qui est ce Galéas, peut-être pas sanctifié déjà, que le sort m'a donné pour parrain. Je ne vous dirai pas le prénom que j'ai porté dans une courte autre vie. Je peux vous dire en tout cas que j'aurais été fier et heureux de porter le vôtre, qui est celui du plus vraiment aimé de Dieu, Amadeo, comme Mozart.

Après un silence, la voix cassée et chantante se fait plus basse encore pour souffler, comme en action de grâces pour la bénédiction apportée, ou comme un appel venu d'autre part : « Beato ! », au saisissement d'Amédée qui n'osera lever les yeux sur celui qui vient de prononcer ce nom. Comment ose-t-il ? Comment sait-il ? Tout se bouscule dans son esprit, il tend la main comme pour se raccrocher : il allait tomber.

La prière dans la chapelle ne sera pas bien longue, et restera sans un mot dit à voix haute, de prière ou de recommandation. Une seconde fois, Amédée sentira sa nuque frémir et un frisson parcourir son dos agenouillé. La musique ! Une monodie d'abord, sur *Via Crucis* qu'instantanément il identifie, haute tenue, claire, sans vibrato par un ténor qui assurément sait ce qu'il faut savoir. Presque aussitôt une, deux, quatre la rejoignent, harmonisant avec des recherches savantes, signe d'une patience au travail infinie. Quatre, cinq instruments, de timbres non moins bizarres (le violon, lui, semble carrément désaccordé), l'effet instrumental est à la fois d'une maigreur, d'un ascétisme franciscains, et d'une luxuriance diversifiée, toute baroque. Difficile, en telles circonstances, que la prière, même muette, garde son aplomb. Galéas se tourne vers Amédée, d'un éclair de ses yeux (ainsi il les voit, ils sont gris, d'un gris d'aube mais aussi de fer ; et sévères, pour ne pas dire inflexibles, autant qu'ils sont lumineusement doux), et les deux se lèvent en même temps, dans une harmonie du geste idéale, comme s'ils avaient répété leur mouvement.

— Viens, petit frère. Je vais te prendre par la main, je te ferai passer par un couloir obscur et tu te trouveras au fond de la salle où les frères répètent. Mais sans un bruit, surtout. Tous les frères sont censés être à leur tâche en ce moment, comme moi-même. Ils ont gardé leur visage découvert, comme quand ils sarclent ou repeignent la palissade. Olviade, Holger, Giorgio, Berdj, et Manoutcher qui les dirige. Ils essayent et font en sorte de s'entendre et s'accorder les uns aux autres, parfaitement. C'est la part de leur travail qui n'est qu'à eux. Mais tu es un hôte, un passant, mon frère. Eux ne te feraient pas signe, mais ils m'en voudraient, à moi, de t'avoir empêché de partager cela – qui nous est plus essentiel que nos livres, nos vivres et les flots du bon Dieu autour de nous. Sais-tu, c'est Franz Liszt qui a recueilli ces fleurs du bon Dieu souvent nées sur des montagnes pour en faire cette participation compassionnelle au chemin de croix de Notre-Seigneur. Mais chut. Les instruments vont cesser, le chantre va reprendre, si tendre dans sa majesté désolée.

Franz Liszt ! Ce chant décharné et bizarre pour accompagner le chemin de la Croix, avec ces mêmes harmonies lugubres dans lesquelles le même Liszt, hier, purement et simplement, enterrait Venise. Ce sont trop de coïncidences. Où le conduit-on, qui l'emmène ? En un éclair, Amédée ressaisit cette fulgurance d'un regard gris, sous la bure du capuchon un instant relevé.

— Il était tzigane et de sang et d'âme et il l'est resté, sais-tu, bien plus essentiellement que pianiste ou abbé. Il vient souvent passer avec nous deux ou trois jours, il ne s'annonce jamais, il sait que nous, nous sommes toujours là. C'est pour nous, pour nos instrumentistes dépareillés, une dizaine, qu'il a retaillé ce chef-d'œuvre de simplicité douloureuse qu'on peut donner à voix soliste et orgue, mais aussi pour chœurs et tout un orchestre déployé qui cliquette de timbres. Tu connais Liszt ?

— Il m'a fait le grand honneur de m'apprendre à travailler un peu, il était le parrain d'un cousin très cher, trop vite parti, mon vrai premier maître de musique.

Ils sont dehors maintenant, sur deux chaises de jardin, une table les sépare. Galéas d'un signe fait venir un frère et lui demande du thé et, pour Amédée qu'il croit tordu de crampes, un peu de quelque brioche ou semoule sucrée qui doit rester à l'office.

— Tu te restaureras un peu. Cela te fait quelques chocs d'un coup, les surprises sont périlleuses pour l'équilibre. Tu verras, notre thé est le meilleur du monde, jamais il n'est meilleur qu'au verre, comme on le sert à Damas ou à Kiev. Quel ambre ! La couleur, et l'infinie arrière-bouche. Je te parle de tous ces Damas ou Kiev parce que, bien malgré moi, j'ai dû passer par eux tous. J'ai été vendu comme esclave, sais-tu ? Ainsi Joseph, de peur qu'il ne se repose trop entièrement sur la poitrine du Père. Dans une première vie, ou enfance, j'ai été arraché à mes pentes natales, qui sont abruptes. Mes compatriotes, je ne les ai connus que dans les prisons turques, au bagne, chaînes aux pieds et puanteurs de basse-fosse. Une fois, un riche Arménien m'a acheté et je me suis cru sauvé. Mais je ne te dis pas de quel prix il demandait que je le paye de sa bonté. J'ai pu fuir. D'autres Turcs m'ont repris. Les bagnes de Morée jouissent d'une vue sublime. Mais Dieu merci, une révolte locale les a fait se désintéresser de nous et Venise, pour une fois clémente et chrétiennement secourable, nous a tous cueillis, un voilier nous y a déposés, libres d'aller. J'avais trop goûté à la servitude, on ne se défait pas facilement de cette emprise-là. Du moins à Saint-Lazare ai-je trouvé la servitude volontaire et, j'ose le dire, ses plaisirs, ses délices, son incomparable goût de légèreté et de liberté. Qu'est-ce, si tu veux l'analyser ? Presque rien. L'adhésion tranquille de l'âme aux conditions extérieures qui lui sont faites par le corps. Y resterai-je ? Dieu sait. Même immobiles, nous entendons l'appel.

« Et toi, frère ? Sur le chemin de quoi t'es-tu un instant arrêté ici, au milieu de nous qui te retiendrons bien volontiers si tu le désires ?

— Non, frère, non, mon ami, merci. J'étais en quête de l'impossible et, pour mieux dire, de l'inutile. Je cherchais une étoile qui s'est fondue au reste dans la Voie lactée. Mais je ne cherche plus, peut-être, en fait, ai-je trouvé.

Amédée alors raconte ses équipées à Galéas qui, pour être pleinement là, plus pleinement entendre, pour laisser voir ses émotions, relève son capuchon sur ses cheveux taillés court et, de ses yeux gris voilés de tendresse, stupéfiants d'attention et d'intensité quand même – ah, ces yeux écoutent comme rarement font des oreilles humaines, même pour la musique des anges. Amédée taille dans cette histoire à replis infinis, ne restent que les lignes de force : chez les trop heureux garçons de l'île, pour ces jeunes hommes riches, la cruauté de désirer également partir, et rester, et la cruauté double d'être incapable de le dire à voix haute. Et l'amour fraternel, poignant tant on le sait sans fond. Et ce départ dans l'aube d'yeux pareils à l'aube. Et la musique qui ne saurait être à elle seule raison de vivre, elle n'étanche pas la soif qu'elle donne, quand c'est vraiment la soif.

— Mais depuis deux mois je suis fixé, mon frère, et c'est pourquoi j'ai entrepris le voyage qui en finit avec le voyage. Il est devenu pèlerinage, exactement. J'espérais, assis comme d'habitude au soleil sur le quai des Esclavons, revoir une dernière fois mon esprit tutélaire, Liszt, qu'il me bénisse et que je lui baise la main. Il est déjà parti, il ne reviendra pas. Alors – ah ! il faut le dire : je n'ai plus avec moi que le Saint-Esprit qui à lui seul est tout discernement. Et j'ai cette fiancée encore inconnue de moi que j'aime et honore sans l'avoir vue, et d'amour vrai. Et j'ai, à demeure chez moi, un ami arménien, Hagop, qui un temps a été chez vous, mais c'était peut-être sous une autre identité. Et toi, désormais, toi et ceux que tu regroupes à ton exemple, frère tout nouveau. Frère aimé. Tu as les yeux de celui que j'ai perdu. Dix coïncidences ici m'ont dévasté, mais l'ordre est revenu : et lui, non, ne reviendra pas. Mais j'ai en toi un ami nouveau-né et pour toujours. Tu ne m'es rien, au fond, mais je te le promets, je prierai pour toi chaque soir de ma vie et toi, fais en autant pour moi, ma charge est lourde, personne près de moi ne peut me l'alléger, la prière seulement. Moi, en tout cas, je prierai, tant ce que j'emporte d'ici m'est bon ! Et pour que je puisse le faire à plein, frère bien-aimé, efface l'obstacle qui reste. Dis-moi ton vrai nom, que je puisse prier pour le vrai toi.

Galéas hésite une demi-seconde, il se raidit imperceptiblement, détourne un peu le visage comme pour que nul ne voie comment ses lèvres participent à ce qu'il va dire et, dans un souffle, pieusement, il détache les trois syllabes que certes l'autre n'attend pas. Comme s'il avait le pouvoir de suspendre le temps, ou faire durer l'instant, d'une voix blanche il articule : « Godeffroi. » Et il sort.

Amédée reste un moment, pétrifié. Mais il se ressaisit aussitôt. Son gondolier l'attend, prêt à regagner le port. Le flot vert se frange d'émail dans le soleil qui décline. Il boit l'émotion qui par hasard s'y mire. « Dans trois jours je suis à Rhodes ; le voyage, tout voyage est fini. J'emmène avec moi la fille pure, le lys sur lequel des yeux gris ne se sont pas posés ni non plus aucune main d'homme. Être heureux ? Ne pas l'être, ou moins l'être, là n'est pas la question. Mais nous fixons la vie, nous la plantons, ce n'est pas à nous de répondre aux questions. » Une minute peut-être il rêve, ou se confie, laissant sa main droite plonger dans les vaguelettes. « Godeffroi, se dit-il. Et si cela lui est venu d'un coup, dans une inspiration, en sorte que présence et absence, cela ne signifie plus rien, qu'il y ait une question qui ne se posera plus. Mais cela m'a paru si vrai, si ressemblant, un court moment... »

Il va prendre le bateau. Sur le quai, des gamins brandissent des journaux. Gros titre, qui accroche l'œil. Franz Liszt est mort à 75 ans, encensé par le monde entier. Qui, dans cette foule qui le pleure, a idée de ce que fut cette âme ? Il a eu le temps d'entendre, selon son dernier désir d'homme, *Tristan*.

Table

PREMIÈRE PARTIE

Les adieux

DEUXIÈME PARTIE

L'absence

TROISIÈME PARTIE

Le retour

CET OUVRAGE A ÉTÉ COMPOSÉ
EN PALATINO CORPS 12
PAR NORD COMPO
À VILLENEUVE-D'ASCQ.

ACHEVÉ D'IMPRIMER
PAR L'IMPRIMERIE CPI FIRMIN-DIDOT
À MESNIL-SUR-L'ESTRÉE, EN AVRIL 2021,
POUR LE COMPTE DU PASSEUR ÉDITEUR.

Dépôt légal : mai 2021.
N° d'imprimeur : 163775
Imprimé en France.